LUDOVICA VALLI

DI TROPPO CUORE

Prefazione di Adessoscrivo

Sperling & Kupfer

Crediti fotografici

Le foto delle pagine 11, 12, 19, 25, 28-29 appartengono all'archivio personale dell'autrice.

Le foto delle pagine 34-35, 52-53, 57, 72-73, 82-83 sono di Nayo Martinez.

Le altre foto dell'interno sono di Alexander Moore.

L'Editore è a disposizione degli aventi diritto per eventuali crediti fotografici non identificati.

Pubblicato per

Sperling & Kupfer

da Mondadori Libri S.p.A.

DI TROPPO CUORE

ISBN 978-88-200-6825-7

I Edizione ottobre 2019

Anno 2019-2020-2021 - Edizione 2 3 4 5 6 7 8 9 10

INDICE

Prefazione di Adessoscrivo 2
Il cuore nasconde 8
Le cose che amo 16
Viaggi 22
Da bambina a ragazza 28
Cambiamenti 34
Formentera 42
«Uomini e donne» 52
I-sola 62
Scelte 72
Lavoro 82
Bellezza 90
Mancanze 98
Amici 106
Ettore 114
Tatuaggi 122
Vita 128
Lettera a me stessa 134

PREFAZIONE

Dopo qualche messaggio la vedo arrivare, esce dal porticato di un palazzo enorme.
Sono le tre passate, Bologna ha il sole addosso e le piazze sono piene di persone, molti studenti usciti da scuola. Un uomo con una chitarra intrattiene i passanti, tutti con un cellulare in mano, me compreso, per riprendere la scena. È il mondo di oggi, abbiamo tutto alla portata di un selfie, di una storia su Instagram. Tutti filmiamo e fotografiamo tutto, e tutti abbiamo bisogno di farlo vedere agli altri.
È un mondo nuovo, non per forza sbagliato, di certo più apatico. Un mondo in cerca di emozioni perse che non riesce più a trovare. E a governarlo sono i social network: tutti hanno un profilo su qualche social, o almeno la percentuale è in crescita; tutti si lasciano influenzare da quello che vedono, da quello che sentono. Ascoltiamo la musica del momento, compriamo i prodotti più in voga, cerchiamo di somigliare alle persone che ci influenzano, i cosiddetti influencer, che da qualche anno incarnano un nuovo tipo di lavoro, e un nuovo modo di essere, direi. Di essere qualcuno, di sentirsi importante per qualcosa, di vivere in una società che ci chiede di apparire e mostrarci agli altri, costantemente.
Gli influencer sono persone che dedicano la propria vita alla ricerca dei prodotti del momento, anzi sono i prodotti del momento che cercano loro. Di conseguenza è nato un mercato nuovo, un modo diverso di fare pubblicità per i grandi marchi. Ci sono uomini e donne che vivono solo postando sui social foto e video di loro che usano, consumano o indossano prodotti e marchi, creando tendenze, influenzando le scelte delle persone, inducendo nuovi desideri, trasferendo nella nostra testa l'idea che quel

maglione fa per noi, che quell'alimento farebbe bene alla nostra salute, che quel paio di scarpe ci starebbe da dio. Come nel resto del mondo, anche in Italia abbiamo molti influencer, e soprattutto molte influencer, donne in grado di muovere masse di ragazze, di generare milioni di view, di raccogliere milioni di follower. Come ho già detto, un vero e proprio lavoro.
«Stai fermo lì», mi scrive, «vai sulla sinistra.» Non conosce il mio goffo modo di orientarmi, ma sembra quasi prendermi in giro. Vago sulla piazza in cerca di un palazzo che non vedo.
«Dall'altra parte», continua, «esco da quel palazzo.»
Se non l'avessi vista l'avrei sentita sicuramente. Urla qualcosa uscendo dal portone: «Scusami, il portinaio mi ha fatto arrabbiare».
«Si è capito dall'urlo», rispondo.
Mi sorride, mi dà due baci e ci chiediamo come stiamo. L'avevo sentita per un annetto, per lavoro, ma vederla sembra qualcosa di diverso al primo impatto. È alta, più di quanto mi aspettassi. O sono io che, con il mio metro e settanta, sono troppo basso per lei. Tende a non guardarmi subito, volge lo sguardo altrove, porta un paio di cuffie che toglie in fretta, un cappotto nero che le nasconde le gambe scoperte e un paio di stivaletti, il suo solito paio di stivaletti.
Andiamo in un bar dietro il palazzo da cui è comparsa, in una piazzetta su cui affacciano alcune chiese, credo. Mi rendo conto di esserci già stato, quando ero piccolo, e forse anche qualche anno dopo. Da bambino vivevo a qualche chilometro da lì, e per un attimo mi immergo nei ricordi. Mi riprendo. Scegliamo un tavolino fuori. Fa freddo, ma le stufette a fungo ci riscaldano.
Parliamo del più e del meno, di Bologna, della voglia che avrebbe di trasferirsi per lavoro. Parliamo di uomini, quelli di carattere, quelli che lei non vede più.
«Se hanno carattere, o ti tradiscono o ti picchiano.»

È questa la sua idea di uomo oggi. Lei di carattere ne ha, si vede subito e si sente nel suo modo di parlare. Vuole e cerca il mondo tra le mani, sembra non voglia fermarsi finché non l'avrà trovato.
Parliamo di social, lei ha una pagina Instagram molto seguita. Le chiedo se ci sono uomini che la corteggiano in modo volgare nei messaggi che le inviano. Ammette di ricevere immagini poco desiderate, e ridiamo: «Questi uomini...»
Ama la palestra, ne ha fatto uno stile di vita. Mangia sano, ha smesso di bere e di andare in discoteca.
«So che ci perdo molti soldi a non far serate in discoteca, ma non sarei io se le facessi, e per prima cosa voglio essere me stessa sempre. Ho deciso di chiudere con quella vita. Preferisco andare a cena e tornare a casa tranquilla.»
Mi parla di Ettore, il suo piccolo cane che, mi confessa, «dorme sempre ed è geloso». Mentre parliamo noto che tende a muovere gli occhi in basso, in alto, dipende dai ricordi, e se sono ricordi che fanno male.

È un libro aperto, comunque, una ragazza con cui si può parlare di tutto. Sorride e fuma, e dopo un'ora ha già spento la sua terza sigaretta, una Winston. Fumavo anch'io quella marca qualche anno fa, ne riconosco il buon gusto, ottima scelta. Siamo diventati amici per caso. Ho scritto un libro che le è piaciuto molto ed è nata una collaborazione, poi abbiamo scambiato due chiacchiere ogni tanto, fino all'incontro di oggi.

«Voglio scrivere un libro!» mi dice. «Un libro che parli di me, un libro senza veli, senza mezze misure. Un libro diverso dal solito che scrivono le influencer, voglio buttare fuori tutto!»
L'idea mi piace molto, le confesso. Non solo foto, ma parole, quelle che lei tende sempre a tenersi dentro.
«Voglio che sia tu a scrivere la Prefazione.»
Potrei dirvi che sono onorato del fatto che abbia scelto

me. Potrei dirvi che sono sempre convinto che dietro la «schermata» iniziale di una persona ci sia un mondo che non conosciamo, e che a volte facciamo fatica a capire. Potrei dirvi che nulla è come sembra dietro uno schermo, e che una persona che pensiamo di poter conoscere o giudicare perché ogni giorno la vediamo su uno schermo, non è quella che crediamo e che commentiamo, quella di cui parliamo con i nostri amici.

Di lei posso dirvi che è troppo lei in quello che fa, posso dirvi che l'ho vista con la pelle d'oca quando si è emozionata, l'ho sentita piangere al telefono quando era triste, l'ho sentita sincera quando mi ha raccontato di sé. L'ho vista in tante sfumature che non sempre appaiono alle altre persone.
Di lei posso dirvi che vive tutto di troppo cuore, che ha una mappa dei ricordi disegnata sulla pelle attraverso i suoi tatuaggi, e che a volte nasconde quella che è semplicemente perché ha paura di non essere capita o accettata o apprezzata proprio per quella che è, una ragazza di ventidue anni che si è fatta da sola, che si chiude in casa a fare la pasta fresca, come molte ragazze oggi non fanno. Una ragazza che ha preso tante batoste, tante delusioni, che si volta indietro e sa che cosa ha fatto, e guardando avanti sa bene chi vuole diventare: una ragazza decisa, incompresa a volte, ma decisa, così tanto da non voler essere come tutte, ma semplicemente se stessa.
Quando un giorno le confessai il mio sogno di lavorare in radio e fare un programma tutto mio ispirato al film *La dura verità*, lei ne fu subito entusiasta: «Dai, dimmi di me, dimmi la tua dura verità su di me».
Ci pensai un attimo prima di farlo. Spesso le verità feriscono le persone e non volevo che mi prendesse per uno pronto a ferire gli altri giudicandoli. Ma non aveva alcun dubbio su questo, voleva sapere.
«Non ammetti che ogni cosa ti colpisce, che ogni cosa ti

graffia. Non ammetti che sei fatta di mancanze che cerchi di colmare, a volte con le persone sbagliate, a volte credendo siano quelle giuste. Non ammetti che forse hanno ragione quando dicono: 'Ludovica sclera, Ludovica è pazza, Ludovica pensa solo a se stessa'. Che quando qualcuno ha detto: 'Cerca di assorbire la vita delle persone per poi scappare via', tu hai pensato subito: Devo pensare a me stessa. A volte ti danno dell'egoista e tu forse ci stai male perché ci metti sempre un sacco di cuore nelle cose che fai. Non ammetti che stai iniziando ad accettarti, ad accettare il tuo corpo. Ti alleni duro perché vuoi che lo specchio non ti faccia più così paura, e che importa se c'è qualche smagliatura, se la gente non comprende cosa c'è dietro, è solo sabbia che si incontra con le onde del mare. Non ammetti che probabilmente sei molto pignola su tutto, ma è una questione di voler far tutto troppo bene, e a volte quando qualcosa è fuori posto vai in tilt. Non ammetti che la tua gelosia è dovuta a una paura dell'abbandono immensa a causa del tuo passato, ma non tutti entrano nella nostra vita per andare via, non sei il tuo passato, i tuoi genitori o i tuoi parenti, tu sei tu e la tua vita è quella che tu decidi di vivere. E la stai vivendo bene, credimi.»

Classe 1997, nata il 2 marzo (Pesci) a San Martino in Rio, Reggio Emilia, cari lettori vi presento Ludovica Valli.

ADESSOSCRIVO

CI HANNO DIPINTE, HANNO CREATO SCULTURE,
HANNO SCRITTO LIBRI CHE PARLANO DI NOI,
LIBRI CHE HANNO CERCATO DI CAPIRCI,
LIBRI CHE HANNO CERCATO DI SPIEGARCI,
LIBRI CHE HANNO SOLTANTO IMMAGINATO
IL NOSTRO MONDO.
HANNO PROVATO A FARCI STARE
AL NOSTRO POSTO,
HANNO PROVATO A DIRCI COSA DOVEVAMO
O NON DOVEVAMO FARE,
HANNO PROVATO A FARCI SENTIRE SBAGLIATE
IN TANTE OCCASIONI,
HANNO PROVATO A OMOLOGARCI.
MA NOI NON CI SIAMO MAI FERMATE,
NON CI HANNO MAI CAPITE,
NON CI HANNO MAI DIPINTE DAVVERO,
NESSUNO HA MAI VISTO
COSA AVEVAMO DENTRO.
NOI CHE SIAMO LA RIVOLUZIONE.
TU CHE SEI LA TUA FORZA.
TU CHE SEI IL TUO PUNTO DI RIFERIMENTO.
TU, BRUCIA.

IL CUORE
NASCONDE

Dicono che chi cresce con i genitori separati lo si riconosce subito, abbiamo gli occhi più cupi, quasi bisognosi.

Mi ricordo che quando ero piccola mi svegliavo di notte cercando papà, mamma allora me lo faceva chiamare, ma lui non c'era, lui non era lì con noi. Mi diceva: «Stai tranquilla, arrivo», ma non arrivava mai. Oggi non ricordo molto di quello che è successo.

MI RICORDO SOLO LA SCENA DI MIO PADRE CHE VA VIA DI CASA

Avevo circa due anni, la senti col tempo l'assenza di una famiglia unita, te la senti dentro come un pugno nello stomaco, certo, ci convivi, piano piano il cuore ti nasconde i ricordi brutti e li mette in un punto preciso sperando che tu non li trovi più, ma capita che qualcosa torni, nelle sere in cui ti senti più sola del solito e vorresti solo un abbraccio.

Quando siamo piccoli vediamo tutto un po' più grande, vediamo i problemi più grandi di noi, vediamo le persone adulte fare cose strane, le vediamo litigare, fare cose sbagliate e lasciarsi, e noi non comprendiamo.

Quando sei grande poi dai un sacco di risposte a domande che ti sei sempre posta ma a cui nessuno voleva rispondere: «Quando sarai grande capirai», ti dicono, e allora aspetti di essere grande per capire che siamo vuoti dentro, oppure siamo pieni di ricordi che non vogliamo far tornare a galla.

Io ho rimosso parecchio del mio passato, o forse come dico sempre: il mio cuore l'ha semplicemente nascosto in un posto preciso dentro di me. Quello che ricordo più di tutto è l'amore che una mamma può dare, io l'ho avuto, me lo tengo stretto ancora oggi, vi assicuro che una mamma può essere anche un padre, può essere una delle persone più forti che possiate conoscere.

Mia mamma per me è stata tutto, un'ancora di salvezza, un esempio di donna, di madre, non mi ha mai fatto mancare nulla, piuttosto toglieva a lei per dare a me. Mi ha sempre portata con sé, probabilmente mi ha anche un po' viziata, lo ammetto, ho sempre dormito con lei, ancora oggi quando vado a casa sua dormiamo insieme, perché per quanto possiamo diventare grandi, per i nostri genitori saremo sempre i loro piccoli figli.

TENETEVELO STRETTO L'AMORE CHE UNA MADRE PUÒ DARVI, PUÒ SALVARVI LA VITA, CREDETEMI.

MI DICONO CHE SONO
TROPPO SENSIBILE, CHE
METTO TROPPO CUORE
NELLE COSE CHE FACCIO E
SBAGLIO.

MI DICONO CHE CERTE COSE
MI RENDONO DEBOLE, CHE
CERTE LACRIME POTREI
RISPARMIARMELE, CHE
ALLA FINE SONO IO A FARMI
SEMPRE MALE.

MI DICONO CHE SONO
TROPPO ANCHE QUANDO
IO NON MI SENTO
ABBASTANZA, E MI FA MALE
TUTTO, PERSINO IL CUORE.

O CI PROVO SEMPRE A SENTIRMI ALL'ALTEZZA, E FORSE CERCO TROPPO NELLE COSE CHE HANNO POCO SAPORE, NON ESISTE UN LIBRETTO DI ISTRUZIONI, ESISTE PERÒ CHI VIVE TANTO E CHI NON RIESCE A VIVERE NIENTE. IO SONO UNA DI QUELLE CHE HA SEMPRE VISSUTO TUTTO, SENZA MAI TIRARE IL FRENO A MANO, TANTO ALLA FINE LA VITA È UNA, NO?

LE COSE CHE AMO

AMO

Amo il bianco e il nero, due opposti che si attraggono, amo il mare e il sapore che mi dà, amo la palestra, il mio rifugio, il posto in cui scappo per star bene con me stessa.
Amo i giorni di sole, ma soprattutto amo i giorni in cui il cielo è nuvoloso e mi sale quella strana malinconia che mi fa pensare a quello che vivo, a quello che ho vissuto, alle persone che ho perso e alle persone che ho lasciato andare,

AMO CORRERE, LASCIARE I MIEI PENSIERI INDIETRO E CORRERE VIA, LONTANO, DOVE NULLA PUÒ RAGGIUNGERMI.

Amo *Le pagine della nostra vita*, avete mai visto quel film senza piangere? Io mai, alla fine piango sempre.
Amo viaggiare, andare a Formentera e sentirmi a casa, in pace, quando il sole sta calando e il giorno fa spazio alla notte, la calma fa spazio alla tempesta.
Amo New York che è fatta di caos e sta a pennello col caos che ho dentro.
Amo leggere nel tempo libero, amo Osho, amo i libri di Adessoscrivo, che pazzo che è lui.

AMO I MIEI NIPOTI, LI AMO DA MORIRE.

Non è facile spiegare quanto può essere forte l'amore di una zia, secondo me è paragonabile a quello di un genitore. Mi si riempie il cuore ogni volta che li vedo. Con Alle ci sono cresciuta, Bea aveva diciassette anni, io ero piccola ancora, e praticamente ci siamo legati come se fossimo due bambini appena nati, perché io sono rinata con lui. Ancora oggi, quando sto giù, lui o comunque tutti i miei nipoti mi risollevano, mi danno la forza per reagire.

Amo mia madre, che donna forte che è, amo mia nonna, una nonna diversa, e amo le mie sorelle. Le persone pensano che siccome non mettiamo in mostra il nostro affetto sui social allora non siamo legate, invece non è affatto così, noi siamo molto legate, tutte e tre, anche se io sono la più piccola.
Amo il desiderio di crearmi una famiglia come hanno fatto loro, avere un figlio da accudire, e occuparmi di qualcuno con qualcuno che si occupi di me a sua volta.
Amo i miei amici, quelli di vecchia data e quelli entrati da poco nello spazio che riservo solo a loro dentro il mio cuore. A volte senza amici non avrei superato certi momenti.

AMO ME STESSA, OGGI UN PO' DI PIÙ RISPETTO A QUELLA CHE ERO UN TEMPO, OGNI BATTAGLIA MI HA FORTIFICATA E MI HA RESO CIÒ CHE SONO ORA. E ANCHE SE HO TANTA STRADA DA FARE ANCORA, VI ASSICURO CHE SE IL PRIMO PASSO PER VIVERE È AMARE LA VITA, ALLORA SONO SULLA STRADA GIUSTA.

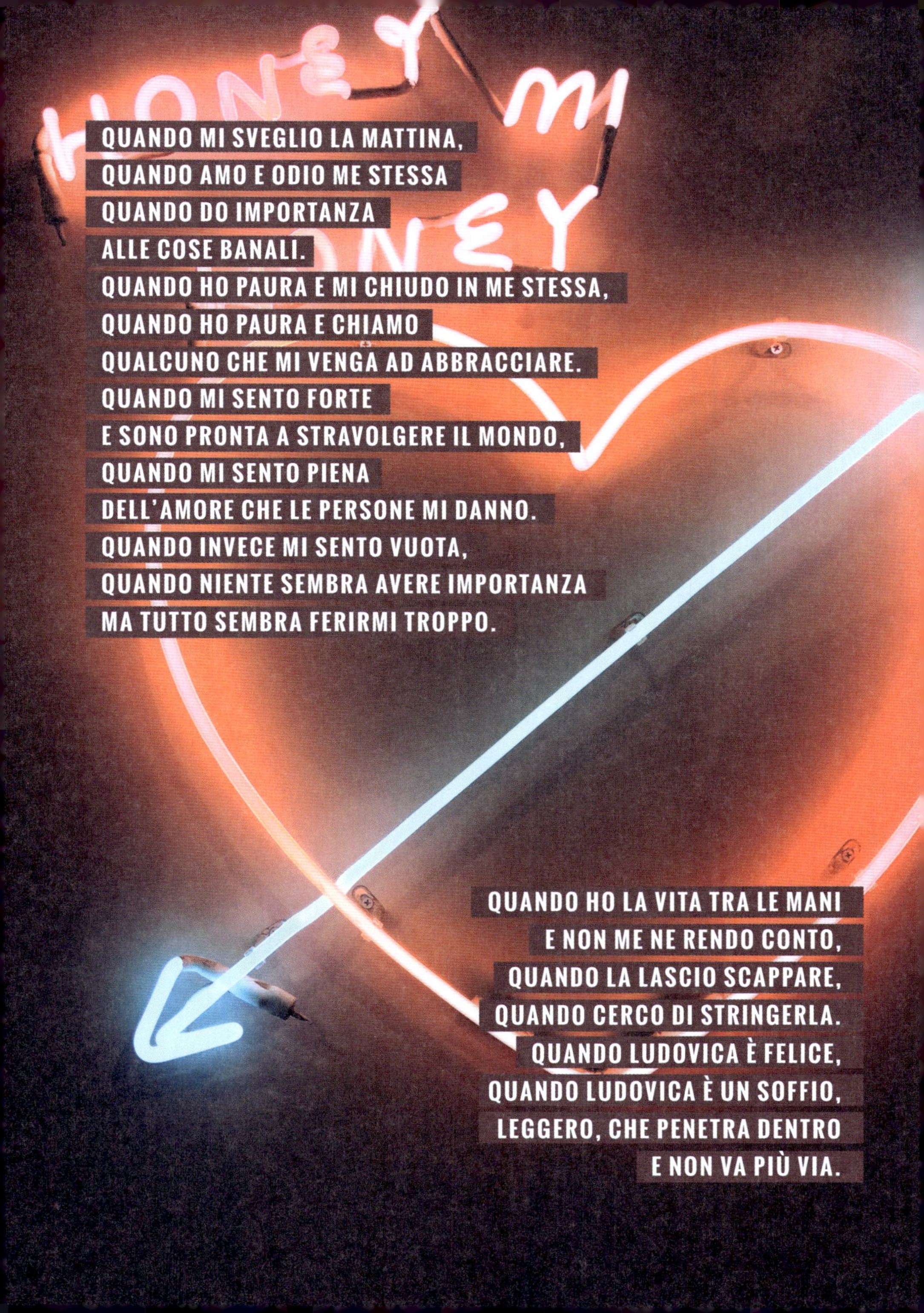

QUANDO MI SVEGLIO LA MATTINA,
QUANDO AMO E ODIO ME STESSA
QUANDO DO IMPORTANZA
ALLE COSE BANALI.
QUANDO HO PAURA E MI CHIUDO IN ME STESSA,
QUANDO HO PAURA E CHIAMO
QUALCUNO CHE MI VENGA AD ABBRACCIARE.
QUANDO MI SENTO FORTE
E SONO PRONTA A STRAVOLGERE IL MONDO,
QUANDO MI SENTO PIENA
DELL'AMORE CHE LE PERSONE MI DANNO.
QUANDO INVECE MI SENTO VUOTA,
QUANDO NIENTE SEMBRA AVERE IMPORTANZA
MA TUTTO SEMBRA FERIRMI TROPPO.

QUANDO HO LA VITA TRA LE MANI
E NON ME NE RENDO CONTO,
QUANDO LA LASCIO SCAPPARE,
QUANDO CERCO DI STRINGERLA.
QUANDO LUDOVICA È FELICE,
QUANDO LUDOVICA È UN SOFFIO,
LEGGERO, CHE PENETRA DENTRO
E NON VA PIÙ VIA.

VIAGGI

REBEL.

Oltre a mia mamma c'è mia nonna, che donna, che matta che è! Avete presente quelle nonne che la domenica cucinano per tutti i nipoti e i figli? Ecco, non è mai stato il suo caso, lei la domenica veniva sempre a casa nostra a mangiare, non ha mai cucinato, una persona timida e razionale, con i capelli colorati e un'educazione unica.

LEI E MAMMA ERANO I MIEI PUNTI DI RIFERIMENTO, STAVO SEMPRE CON LORO, MIA NONNA ERA IL MIO RIFUGIO. QUANDO AVEVO BISOGNO DI STACCARE DA TUTTO E DA TUTTI LEI MI PORTAVA OVUNQUE. SONO CRESCIUTA CON DUE DONNE FORTI, DI CARATTERE, UNA FORSE UN PO' PIÙ ANSIOSA E DOLCE, L'ALTRA PIÙ TOSTA, MA LIBERA.

Con lei viaggiavo tanto, mi portava a Roma, a Venezia, a vedere le mostre perché è sempre stata molto appassionata di cultura, di cinema, di libri.

Se sono quella che sono è soprattutto grazie a loro, perché da loro ho imparato che una donna può vivere tutto, può volere tutto, può amare tutto e può farlo da sola. Non tutti gli uomini meritano di stare al nostro fianco e noi, noi donne giovani di oggi, dobbiamo ricordarci che a volte basta un po' di rossetto e una borsa per farci sentire uniche, davvero forti.
Sono cresciuta con un'idea di futuro pieno d'amore e una famiglia unita, e questo lo devo sicuramente a loro, due donne forti e ribelli, un po' come lo sono io oggi, ribelle.

NESSUNO RIMARRÀ SOLO
PER TUTTA LA VITA.
NON SEI SBAGLIATA,
NESSUNO DI NOI È SBAGLIATO.
A VOLTE VIVIAMO
SEMPLICEMENTE EVENTI,
SITUAZIONI SBAGLIATE CHE CI
PORTANO A PENSARE DI ESSERE
NOI IL PROBLEMA. OPPURE
SEMPLICEMENTE SI TENGONO
ACCANTO PERSONE NON ADATTE
A NOI, QUELLE SONO PERSONE
DA ALLONTANARE ED ELIMINARE
DALLA TUA VITA. SE TI FANNO
SENTIRE SBAGLIATA, FALLE
USCIRE DALLA TUA VITA. NON
DEVI PERMETTERE A NESSUNO
DI FARTI SENTIRE SBAGLIATA.

NON DEVI
PERMETTERLO
A NESSUNO!

DA BAMBINA A RAGAZZA

QUANDO SIAMO PICCOLI ABBIAMO SEMPRE TANTA FRETTA DI CRESCERE, CI AVETE MAI PENSATO? ANCH'IO ERO IMPAZIENTE. ASPETTAVO ACCANTO A MIA MADRE CHE LA VITA SCORRESSE E MI PORTASSE ALTRO.

Da piccola mi dicevano sempre che crescendo sarei stata più bella delle mie sorelle, e io non ci credevo. Insomma, ero paffutella e un po' bruttina. Le mie sorelle, più grandi di me, invece erano belle, e quando ancora dovevo capire il loro mondo avevano già il fidanzatino, quindi venivo esclusa. Mia madre, per consolarmi, mi portava sempre con sé. Ho passato la mia infanzia accanto alle sue gambe, cercando di stare sempre al passo: lei e mia nonna, come vi dicevo, sono state i miei punti di riferimento.

POI HO INIZIATO A CERCARE ME STESSA,

ma era sempre una battaglia, perché ero la pecorella nera della famiglia e spesso ne combinavo una delle mie. Ricordo quella volta che sono partita con mia nonna per andare a Roma. Avevo conosciuto un ragazzo che mi piaceva tantissimo e stava proprio nella capitale. Una volta lì, mia nonna mi dice: «Dai, vieni con me a vedere le mostre», e io le rispondo che sto male, che voglio rimanere in stanza perché non mi sento per niente bene... Ma poi esco e vado a incontrare lui.
Sono sempre stata un po' matta e

ribelle, mia madre mi chiamava Belva per il mio modo di fare.
Ancora minorenne, rientravo a casa con piercing e tatuaggi, e sono stata bocciata in prima media e in prima superiore. La scuola non faceva affatto per me, non mi piaceva studiare, volevo divertirmi ed essere libera, come quella volta che sono scappata di casa perché volevo fare serata a Riccione. A pensarci oggi, che matta che ero.
Ma non è stato sempre così. Ho avuto anch'io i miei momenti bui, ho quasi toccato l'anoressia. Come ho detto, da piccola ero paffutella e volevo cambiare. Tutti mi prendevano in giro per il mio fisico e volevo che la smettessero. Così, a tredici anni ho cominciato a non mangiare, e a fumare per perdere l'appetito. Avevo bisogno di piacermi, di sentirmi bella quanto le mie sorelle. Mia madre mi seguiva per casa con il cibo nel piatto. Io fingevo di mangiare, invece lo nascondevo. Non volevo nessun aiuto, non volevo altro che sentirmi bella.
A raccontarlo adesso mi sento tremendamente stupida. Arrivare a non mangiare, ad addormentarmi a scuola per la stanchezza fisica, buttare il cibo, fumare... Ero ancora una ragazzina e non capivo l'importanza di amarsi.

OGGI SO CHE AMARSI È LA PRIMA REGOLA CHE OGNI PERSONA DOVREBBE AVERE, NON IMPORTA COSA GLI ALTRI DICONO DI TE.

È importante che tu stia bene con te stessa. Guardati allo specchio, se non ti piaci fai qualcosa per cambiare, ma non qualcosa di stupido. Io ci sono passata e posso dirvi che non serve a niente.

Sono stata anch'io una ragazza insicura, e forse lo sono tuttora, ma non sono più insicura riguardo al mio fisico: ho imparato ad accettarmi, ad amare quella che sono, smagliature comprese. I segni che abbiamo sul corpo fanno parte di noi, di quelle che siamo, della vita che abbiamo fatto. Non abbiate paura di accettare ciò che siete. Accettarsi rende più forti. Non accettarsi, invece, soprattutto da ragazzine, vuol dire fare cose stupide per far sì che gli altri ci notino, che quel ragazzo si accorga di noi. Cose stupide come smettere di mangiare, non avere la forza di uscirne e tirare fuori ciò che davvero c'è dentro di noi, e vi assicuro che una donna può essere tremendamente testarda e forte.
Trovate sempre la vostra via d'uscita, che esiste, è lì.
Io ne sono uscita con la palestra. Avevo circa sedici anni, e imparare a prendermi cura del mio corpo, riportarlo in forma e in salute, mi ha aiutato tanto. Ancora oggi quando non sto bene con me stessa o col mondo vado in palestra: è il mio rifugio, il mio posto preferito. Lì mi sfogo, mi sento meglio, non ho paure né freni, sono sola e sto bene.

DICONO CHE USCIAMO DALL'ADOLESCENZA QUANDO CAPIAMO CHE NELLA VITA DOBBIAMO SOFFRIRE E UN GIORNO MORIREMO.

Ma non è così per tutti: capiamo di non essere più bambini quando impariamo che possiamo perdere. E io stavo perdendo me stessa, ero troppo magra, rischiavo di finire in ospedale perché mi ero messa in testa che non ero bella, che non ero abbastanza.
Ci sono passata e ho capito una cosa: fate pace con voi stesse, amatevi, non importa quello che vi dicono gli altri, quello che vedete in voi è più importante di quello che vedono gli altri. Le persone a volte non capiscono quanta potenza hanno le parole, ma oggi so che sono più forte di quelle parole, più forte di ogni cosa.

SPESSO MI RITROVO COSÌ,
PERSA NEL MIO MONDO,
NELLA SPERANZA DI PRENDERE,
ALMENO QUELLA VOLTA,
LA STRADA GIUSTA.
CON LO SGUARDO PERSO
A OSSERVARE GESTI, MOVENZE,
AD ASCOLTARE LE PAROLE, I DIALOGHI
DELLE PERSONE CHE MI CIRCONDANO.
MI PIACE OSSERVARE TUTTO,
ANCHE QUEI PICCOLI ANGOLINI
IN CUI NON DIRESTE MAI
DI POTERCI TROVARE QUALCOSA.
INVECE SI IMPARANO UN SACCO DI COSE
E NON SOLO. SI RIESCONO A VEDERE
COSE CHE OGGI,
NEL MONDO IN CUI VIVIAMO, DIAMO PER
SCONTATE. O MEGLIO ANCORA,
COSE ALLE QUALI NON DIAMO
L'IMPORTANZA CHE MERITANO.
SÌ, OSSERVARE TUTTO CIÒ MI FA
VERAMENTE IMPAZZIRE,
PERCHÉ MI FA CAPIRE CHE IN FONDO
COSÌ SBAGLIATA NON SONO,
SONO SOLO DIVERSA.

CAMBIAMENTI

La vita non è ordinaria e monotona, sapete? Succede sempre qualcosa che ci dà delle scosse dentro talmente forti che tutto quello che abbiamo intorno è come se cambiasse sapore, colore, lo vediamo sotto un'altra prospettiva.

LA MIA SCOSSA È STATA LA MALATTIA DI MIA MADRE.

Siamo convinti che i nostri genitori saranno sempre lì, che si prendono e si prenderanno cura di noi per molto tempo. Ma quando capisci che puoi perdere l'unico genitore che hai ancora, qualcosa dentro di te cambia.
Ero una pazza, credetemi, della scuola non ne volevo sapere, sono stata bocciata due volte e pure sospesa.
Facevo serata e senza toccare il letto andavo direttamente in classe che puzzavo di alcol e sigarette.
Non avevo una strada, volevo solo vivere più forte e veloce possibile, non mi importava di nulla.

Il secondo anno delle superiori ho capito che la scuola non faceva per me e ho lasciato andare tutto. Non avevo la testa per studiare, non avevo la pazienza, non ero io dentro quell'aula. Ho abbandonato le superiori per dedicarmi completamente a me stessa. Volevo lavorare, amavo la moda, i vestiti, dovevo stravolgere la mia vita. Invece è stata mia madre a dare avvio, indirettamente, al percorso che ha portato al mio cambiamento.
Nel 2015 si è ammalata di tumore ed è stata sottoposta a un intervento molto delicato. In quel periodo l'aiutavo nel suo negozio di oggettistica. Il giorno dell'operazione, in ospedale c'eravamo il suo fidanzato e io. Non so misurare il tempo che ho aspettato fuori, ma a me è sembrata una vita. La vita di mia mamma. Ho imparato che il tempo può essere una vita intera, può essere un solo attimo, o anche sette minuti.
Noi figli siamo così, ci accorgiamo di quanto sono importanti i nostri genitori solo quando passa troppo tempo e non ne abbiamo più da dedicare a loro, a chi a noi ha dedicato una vita intera.
Però mia madre e io siamo sempre state legatissime, quindi dentro quella stanza d'ospedale sapevo bene chi potevo perdere.

STAVO PERDENDO LEI, STAVO PERDENDO LA MIA STESSA VITA.

Quando la dottoressa è uscita dalla sala operatoria mi ha detto: «Ho salvato tua madre in sette minuti». Non so dirvi cos'è successo dentro di me. Ancora oggi non so spiegare a parole quanto mi sia sentita pesante dentro, posso solo dire che avere rischiato di perdere la persona che più amo al mondo mi ha stravolta.

Non potevo più dipendere costantemente da lei, dovevo responsabilizzarmi, dovevo diventare una donna forte come lei.
Ho passato i giorni successivi in una fase di stallo.
Ero piccola, impotente, mia mamma aveva rischiato la vita e io mi sono sentita morire dentro.
Quando è tornata a casa cercavo di aiutarla, ma con il passare dei giorni mi sono resa conto che qualcosa dentro di me era scattato, dovevo andare via.

**DOVEVO DIMOSTRARLE CHE POTEVO FARCELA, CHE POTEVO CRESCERE, E CHE LEI POTEVA CONTARE SU DI ME, SU UNA LUDOVICA PIÙ MATURA.
NON ERO PIÙ UNA RAGAZZINA CHE AVEVA BISOGNO DELLE GAMBE DI SUA MADRE, STAVO DIVENTANDO UNA DONNA.**

Allora feci la scelta più egoista che potessi fare: decisi di andarmene. Lo so, lasciavo da sola mia madre che si stava ancora rimettendo. Certo, c'erano le mie sorelle e mia nonna, ma non c'ero io, che con lei ero una cosa sola, una corda legata stretta stretta.

**QUEL MOMENTO
È STATO L'INIZIO
DEL MIO
CAMBIAMENTO.**

Avvisai mia madre tre giorni prima della partenza. Ricordo ancora le sue parole: «Fra una settimana tanto torni a casa, dai, Ludo, per favore».
Non credeva che potessi farcela, e forse sotto sotto non ci credevo nemmeno io, ma dovevo provarci, avevo bisogno di dare una svolta alla mia vita.

Quel giorno in ospedale ho avuto paura, e la paura a volte ti fa ragionare, ti fa capire che le persone che amiamo non ci saranno per sempre.
A volte abbiamo bisogno di tenerle strette, altre di lasciare la loro mano e camminare da soli.

DOBBIAMO CAPIRE CHI SIAMO, CHE COSA VOGLIAMO, COSTRUIRE IL NOSTRO FUTURO, I NOSTRI PROGETTI, LA NOSTRA VITA.

Finché saremo troppo legati alle persone che ci hanno messi al mondo, non ce la faremo mai.
Quindi armatevi di coraggio e partite come ho fatto io. Non sarà facile, ma con il tempo si impara, perché niente è davvero impossibile se ci credete davvero.

GRAZIE, MAMMA,
PER AVERMI DATO LE ALI,
PER AVERMI SEMPRE LASCIATA VOLARE,
PER AVERMI SEMPRE AIUTATA A RIALZARMI QUANDO CADEVO.
MAMMA, TI PROMETTO DI CONTINUARE A VIVERE QUESTA VITA RENDENDO SEMPRE GIUSTIZIA AI SACRIFICI CHE HAI FATTO PER ME, PER NOI.
A TE CHE HAI RINUNCIATO A MOLTI MOMENTI PREZIOSI DELLA TUA VITA PER RENDERMI FELICE.
SEI UNA MAMMA INCREDIBILE,
E IO SONO LA BAMBINA PIÙ FORTUNATA DI QUESTO MONDO.
LA TUA BELVA.

FORMENTERA

who loved adventure
because through it
they fel

Questo è forse uno dei capitoli più importanti della mia vita. Si dice che le partenze e la vita lontano da casa ci cambino, modifichino qualcosa dentro di noi, ci responsabilizzino. Andare via crea una sorta di scudo intorno al cuore, ci rafforza l'anima. Non sarei quella che sono oggi se non fossi partita, se non avessi capito davvero chi era Ludovica e cos'era in grado di fare.

**2 MAGGIO 2015, VOLO MILANO-IBIZA, POSTO 11C,
ORA DI PARTENZA 06:40.
TUTTO È INIZIATO COSÌ.**

Per il primo mese avevo l'appoggio di un amico che abitava lì, ottocento euro sul conto e via, nessun progetto, nessun programma, solo una destinazione.
Le prime settimane le ho passate portando curriculum nei negozi e cercando un altro posto dove trasferirmi quando il mio amico non avrebbe più potuto ospitarmi.
Dopo due, tre settimane nessuno mi aveva chiamata, non c'erano lavori all'orizzonte.

STAVO PERDENDO LE SPERANZE.

Avevo ancora poco tempo, poi sarei dovuta tornare a casa, dando ragione a chi pensava che da sola non ce l'avrei fatta. Finché una mattina, una delle tante mattine in cui andavo a fare colazione con il mio amico, abbiamo trovato seduto vicino a noi un signore con i capelli lunghi. Il mio amico lo conosceva, si sono salutati, mi ha presentata e gli ha spiegato che stavo cercando lavoro ormai da un po'. Questo signore, che aveva un negozio di abbigliamento, gli ha risposto che era già al completo, non cercava nessuno, però ha aggiunto che potevo comunque andare a trovarlo per vedere il suo negozio. E così ho fatto.

Per quasi tutto giugno sono andata ogni giorno al suo negozio per parlare, per aiutarlo in alcune cose, per mettere in ordine, senza che lui mi chiedesse niente, senza essere pagata né altro. Eravamo ormai alla fine del mese quando mi ha chiamata per dirmi che mi avrebbe assunta. Non immaginate la felicità che ho provato in quel momento. Avere un lavoro significava che sarei potuta restare, e dunque dimostrare a me stessa che ero in grado di farcela. In quel periodo mia madre non mi chiamava da un mese.

Avete capito bene, un mese intero, noi che ci sentivamo anche dieci volte al giorno... Era arrabbiata,
ma forse più che arrabbiata era preoccupata: la sua piccolina appena diciottenne aveva preso i pochi risparmi che aveva ed era partita senza avere un posto in cui stare, senza un vero appoggio. Ma io volevo renderla fiera, e sapevo di potercela fare, sapevo che nel momento in cui avrei trovato lavoro sarebbe stato tutto più facile.

who loved adventure
because through it
they felt alive
COMME des
FUCKDOWN
PLATADEPALO

Certo, vivere lontano da casa facile non era, questo no, soprattutto per chi come me era stata, diciamo, viziata dalla mamma, quindi dovevo imparare a fare tantissime cose.
Per esempio, a quei tempi non avevo ancora scoperto la mia passione per la cucina e avevo bisogno di un cibo proteico facile da preparare. Il tonno, anche se costava parecchio per il mio budget, era certamente l'alimento più semplice da trovare e consumare, quindi lo compravo in continuazione. Ricordo che ne mangiavo parecchio, tanto che a un certo punto le persone che mi conoscevano hanno iniziato a chiamarmi «Tonno». Me lo sono tatuato persino sul polso, in memoria di quel periodo.
Formentera per me ha rappresentato una svolta radicale. Sapete come si dice?

NON TI RENDI CONTO DI CHI SEI FINCHÉ LA VITA NON TI METTE DAVANTI DELLE SCELTE, DELLE STRADE, DEGLI SBAGLI, DEI MODI PER RIMEDIARE. E IO HO SBAGLIATO TANTO...

Capitemi, ero una ragazza senza pace con una tempesta tremenda dentro la testa, volevo il mondo, volevo spaccare tutto, volevo prendere ciò che volevo.
Ma non c'era un ordine in tutto questo: a diciott'anni fai cose senza pensarci su più di tanto, è la vita.
Di giorno lavoravo, poi andavo in palestra e la sera in discoteca, dove incontravo tanti ragazzi.

Dovrei aprire un capitolo apposta sui ragazzi, ma in fondo bastano poche parole per riassumerlo: mai amata. Puoi avere vissuto tante storie, ma se non ti sei mai sentita amata da nessuno dei ragazzi che hai frequentato, allora forse non hai vissuto davvero niente. E questo lo capisci con il tempo.
Ero arrivata a un punto in cui tornavo a casa da sola e piangevo, perché io l'amore l'ho sempre sognato, l'ho sempre voluto. In passato ho sbagliato tanto e mi sono buttata tra braccia che non mi meritavano, ho baciato labbra che non avevano sapore, ho guardato occhi che non mi guardavano come desideravo. Insomma, non mi sono mai sentita davvero amata, non ho mai sentito di appartenere a qualcuno.

ERA TUTTO UN VIVERE E MAI UN VIVERSI.

Quel viaggio a Formentera è servito anche a questo.
Si dice che la vita è quello che accade mentre facciamo programmi, e credo che chi l'ha detto avesse proprio ragione.
Una notte sono tornata tardi da una delle mie solite serate, e il mattino seguente sarei dovuta andare al lavoro, ma ero davvero uno straccio. Allora ho chiamato il mio capo e gli ho detto che non stavo affatto bene e che quel giorno non ce la facevo proprio.
Che cosa avrei dovuto fare? Avevo diciott'anni e ancora non avevo capito cosa fare della mia vita. Il capo mi ha risposto di non preoccuparmi, ne avremmo riparlato la sera stessa quando sarei passata dal negozio.
Quando poi sono andata da lui, l'unica cosa che mi ha detto è stata: «Quella è la porta, non ti do un'altra possibilità, per me sei fuori».

La spiegazione era semplice: in un paese così piccolo, alla fine tutti venivano a sapere tutto.
La mia piccola bugia era stata una di quelle cazzate che si fanno quando si è giovani e non si capisce quanto è importante essere responsabili.
Non volevo crederci, non volevo accettarlo.
Quella sera ho fatto mille promesse al mio capo, a lui ma anche a me stessa.
Alla fine mi ha dato un'altra possibilità, e quello è stato il vero punto di svolta.

QUALCOSA, QUELLA SERA, È SCATTATO NELLA MIA TESTA. SONO CAMBIATA, SONO DIVENTATA UN'ALTRA RAGAZZA, UNA DONNA.

Da quel giorno ho smesso di fare serate. Mi sono rifugiata nel mio porto sicuro, l'allenamento, e mi sono iscritta in piscina. Ero l'unica ragazza insieme a qualche donna più anziana, mi allenavo con un masso e una corda, volevo sentire la fatica e diventare più forte.
La sera, dopo la cena, che da quelle parti è comunque tardi, correvo a casa a dormire. Al massimo a mezzanotte ero già a letto e mi svegliavo molto presto, da allora sono sempre stata mattiniera.
Formentera e le persone che ho conosciuto lì, persone più adulte che mi hanno indicato la via, mi hanno trasformato in quella che sono ora. Ci sono rimasta fino a ottobre, e quando sono tornata a casa ero una persona completamente nuova.
Nuovo era il mio modo di vedere le cose che prima non vedevo, il mio modo di affrontare la vita.

MI SONO RESA CONTO CHE MI ERO SEMPLICEMENTE PERSA, E STARE DA SOLA, COSTRETTA AD ARRANGIARMI, MI AVEVA AIUTATA A RITROVARE ME STESSA E A CAPIRE CHI VOLEVO DIVENTARE.

Partire era sembrata a tanti la più grande cazzata che potessi fare, invece si era rivelata la scelta più giusta, l'esperienza di cui avevo bisogno. Vivere da soli a quell'età è forse una delle cose più complicate del mondo, soprattutto per chi come me non aveva mai avuto una vera e propria stabilità caratteriale. Mi ero sempre appoggiata a mia madre per tutto, e partire voleva dire contare solo su me stessa, ma era servito, eccome se era servito. Se potete andate via, sganciatevi da vostra madre e iniziate a camminare da soli, vi trasformerà.

OGGI SO COSA VOGLIO DALLA VITA,
MA SOPRATTUTTO SO COSA NON VOGLIO
E PIÙ SI CRESCE E PIÙ SI CAPISCE
CHI NON VUOI DIVENTARE,
QUESTO È FONDAMENTALE
PER CAPIRE QUAL È LA STRADA VERSO IL FUTURO
E PER CAPIRE CHI VUOI CHE TI TENGA LA MANO
MENTRE PERCORRI LA TUA STRADA.
SO PERFETTAMENTE COSA POSSO O NON POSSO DARE
ALLA PERSONA CHE UN DOMANI MI ACCOMPAGNERÀ
PER IL RESTO DELLA MIA VITA.
SO CHE VOGLIO PIÙ DI TUTTO UNA MIA FAMIGLIA.
QUELLA CHE NON HO MAI AVUTO.
PER QUANTO ABBIA AVUTO UNA MAMMA
CHE HA SEMPRE FATTO TUTTO
ED È SEMPRE STATA ED È TUTTO PER ME,
OGGI SENTO IL BISOGNO DI AVERE UNA FAMIGLIA MIA.
DI ME MAMMA, DEI MIEI FIGLI,
E AVERE UN COMPAGNO, UN MARITO,
IL PADRE DEI MIEI FIGLI.

«UOMINI E

DONNE»

VOI CI CREDETE NELL'AMORE? IO SÌ, TANTISSIMO. CI CREDO DA SEMPRE, DA QUANDO ERO PICCOLA.

Ci credo perché mi hanno insegnato che l'amore esiste, ho sempre creduto che prima o poi la vita arriva e ti piazza davanti l'amore dei tuoi sogni, senza se senza ma, lì davanti ai tuoi occhi, e ti amerà per sempre.

Certo, non è così facile, anzi l'amore è così dannatamente complicato. Te ne accorgi crescendo, vivendo la vita a trecentosessanta gradi come ho fatto io. Te ne accorgi guardando occhi che non ti guardano come vorresti essere guardata. Te ne accorgi baciando labbra che non ti baciano come vorresti davvero. Ci sono storie che ti rimangono addosso, che ti rimangono dentro, ma sono solo storie, non è per sempre. Almeno per me, nulla è stato per sempre.
Tornata da Formentera, ero maturata ritrovando nei miei sbagli quella che non volevo essere.
Ormai da luglio *Uomini e donne* mi corteggiava.

C'erano già state mia sorella Beatrice e mia nonna Rema, nella versione Trono Over, ma io rifiutavo comunque, era un programma in cui non credevo molto: come fai a trovare l'amore della tua vita in uno show televisivo? Me lo chiedevo sempre.
Tornata da Formentera, però, mi ritrovavo senza una destinazione, un motivo per il quale alzarmi la mattina. All'ennesimo corteggiamento da parte del programma ho accettato.

LUDOVICA VALLI TRONISTA

Certe esperienze, vuoi o non vuoi, diventano il punto di partenza per quella che diventerai. Quel programma è stato un modo per conoscere quella che stavo diventando e quella che potevo essere agli occhi degli altri. Una ragazzina un po' viziata che si stava trasformando in donna. Che caratterino Ludovica, dicevano, e non vedevano nient'altro, Non vedevano tutto quello che c'era dietro quel carattere, la fragilità di una ragazza alla ricerca del mondo con la paura di lasciarsi completamente andare.

NON È TUTTO COME VI FANNO CREDERE LÀ FUORI. *UOMINI E DONNE* È REALE, NULLA È FINTO IN QUEL PROGRAMMA, CI SI INNAMORA, CI SI PERDE, CI SI RITROVA.

Col passare dei giorni i miei dubbi su quella trasmissione sono svaniti. Io ci credevo, le persone che mi stavano vicine ci credevano con me.
Certo, non è stato facile, perché non puoi uscire, non puoi fare nulla senza che la redazione lo sappia, sei costretta a stare in un albergo. L'unico «permesso di uscita» che avevo era una palestra di fronte all'albergo, dove andavo ad allenarmi e a sfogarmi.
Ci sono stati dei momenti no in cui mi sentivo sola, in cui magari qualche ripresa esterna era andata male, quei momenti in cui mi sentivo giù e l'unica cosa che volevo fare era sfogarmi e mangiare schifezze.

SIAMO COSÌ NOI DONNE, CI BUTTIAMO SUL CIBO SPAZZATURA, CI BUTTIAMO IN PALESTRA, CI BUTTIAMO NELLE COSE CHE CI FANNO PIÙ MALE DEL DOLORE CHE ATTRAVERSIAMO.

In quei giorni negativi scendevo e andavo nel negozietto accanto all'albergo, mi compravo il latte, i biscotti e, chiusa in camera, li mangiavo vorace. Ricordo ancora che scaldavo il latte nel bollitore che c'era nella stanza: serviva per fare il tè, io invece ci facevo il latte caldo, mi viene da ridere solo a ripensarci.

LA TELEVISIONE TI DÀ UNA FORTE VISIBILITÀ, E LÌ LUDOVICA ERA DUE PERSONE, ANZI, PER MEGLIO DIRE, LUDOVICA ERA PER ALCUNI QUELLA CON UN CARATTERACCIO CHE SE LA TIRAVA, E POI C'ERANO ALTRI O ALTRE CHE PRENDEVANO LUDOVICA COME UN ESEMPIO DA SEGUIRE.

QUESTA È UNA COSA CHE NON DIMENTICHERÒ MAI.

Umanamente il programma mi ha dato tantissimo, le persone che c'erano dentro, Maria stessa, tutto lo staff che nessuno vede dietro le quinte, è un collettivo inimmaginabile, un viavai continuo di persone che si prendono cura di te per tutto il tempo. Sono rimasta a Roma per circa sei mesi e ci sono stati momenti in cui credevo di impazzire e altri invece in cui avevo gli occhi che brillavano. All'inizio pensavo che un programma così non potesse darmi niente, che l'amore non puoi cercarlo in uno studio televisivo, perché è la vita che ti fa capitare l'amore, no? Invece mi sbagliavo. Un programma del genere ti cambia, ti fa crescere, ti lascia dentro ricordi belli e brutti che comunque faranno parte di te per molto tempo. Certo, ci sono persone che entrano nel programma per andare a caccia della notorietà, non posso dirvi il contrario, e poi ci sono persone che, come me, hanno creduto davvero in quello che facevano.

MI HANNO SPESSO DATO DELLA BUGIARDA, MI HANNO DETTO CHE FINGEVO, MOLTI PERÒ NON SANNO CHE ERO DAVVERO IO QUELLA CHE TUTTI HANNO VISTO.

Odio fingere, non so fingere: non ho finto quando sentivo il cuore battermi così forte che sembrava potesse uscirmi dal petto, non ho finto quando ho versato lacrime, e non ho finto quando ero triste e iniziavo a mordermi le labbra perché non sapevo più cosa dire o fare.

QUELLA ERO IO, UNA RAGAZZA SPAVENTATA DA UN CONTESTO CHE NON CONOSCEVO, DI CUI NON FACEVO PARTE, SONO STATA SCARAVENTATA IN MEZZO ALL'URAGANO E DOVEVO CAVARMELA DA SOLA.

Non rimpiango niente, non rimpiango le cose giuste ma nemmeno gli errori che ho fatto, perché gli errori ti fanno crescere, ti induriscono la scorza. Impari che con le pacche sulle spalle non cresci, ma con le batoste sì, quelle servono a farti capire che puoi essere migliore, che forse questo mondo non è tutto rose e fiori.

CI DICONO CHE SIAMO DONNE,
ALLORA NON POSSIAMO FARE TUTTO QUELLO
CHE CI PASSA PER LA TESTA.
CI DICONO DI NON METTERE QUELLA GONNA,
CHE QUEL PANTALONE È TROPPO STRETTO,
CHE A VOLTE SIAMO TROPPO MAGRE E A VOLTE
SIAMO TROPPO CICCIOTTELLE.
CI DICONO CHE AVERE UN CARATTERE FORTE
PER UNA DONNA
VUOL DIRE TIRARSELA, FARSI ODIARE A VOLTE,
PERCHÉ UNA DONNA FORTE NON È MAI UNA
DONNA CHE SI PUÒ GESTIRE,
E UNA COSA CHE NON SI PUÒ GESTIRE
FINISCE CHE NON LA VUOI PIÙ,

PERCHÉ LE COSE SCONTATE SONO PIÙ
SEMPLICI.
MA IO NON VOGLIO ESSERE UNA RAGAZZA
SEMPLICE,
NON LE VOGLIO SEGUIRE, LE REGOLE,
NON VOGLIO NEMMENO ESSERE L'ECCEZIONE.
VOGLIO SOLTANTO ESSERE ME STESSA,
CARATTERACCIO COMPRESO.
CHE POI, COMUNQUE PARLERANNO,
ALLORA LASCIAMO CHE PARLINO BENE
DELLA RAGAZZA CON GLI OCCHI CREPATI
E IL CUORE SEMPRE A MILLE.
IO SCELGO CHI ESSERE,
E HO SEMPRE SCELTO DI ESSERE ME STESSA.

I-SOLA

Siamo persone normali, facciamo cose normali come tutti. Siamo forse state più fortunate di altre, forse abbiamo solo trovato la strada giusta mentre c'è chi ancora aspetta un treno che non arriva, non so dirvelo questo.

Io di treni ne ho presi molti, questo invece posso dirvelo, e ho preso anche parecchi aerei, perché ho viaggiato tanto. Ho viaggiato a volte restando ferma in un punto, ho viaggiato con la testa, ho viaggiato col cuore, ho viaggiato con i sogni. Ho viaggiato con gli amici, con la mia famiglia, con le persone che ritenevo mi appartenessero.

MA COSA VUOL DIRE APPARTENERE A QUALCUNO? ALCUNI PENSANO CHE «APPARTENERE» SIA UNA BRUTTA COSA DA DIRE. COME SI FA AD APPARTENERE A QUALCUNO?

Una mattina ti svegli, sei un'altra persona, hai due gambe intrecciate alle tue, le tue mani legate ad altre mani, una vita legata a un'altra vita. Credo sia questo appartenere a qualcuno.

REBEL.

Anch'io ho creduto di appartenere a qualcuno, di appartenere a due occhi, all'amore, ma non era vero niente.
Voi donne, noi donne, ci facciamo prendere dal cuore, che ci fa credere che è tutto giusto, che va tutto bene, che siamo felici davvero, che il nostro tempo, quello che ci indica che la nostra vita ha trovato la felicità, è arrivato. Noi donne, quelle come me almeno, spengono il cervello lasciandosi trascinare completamente dal cuore.
Un solo interruttore e off, crediamo a tutto, non vediamo davvero, viviamo in un mondo a parte, un mondo fatto di cose che diciamo solo noi, che vogliamo solo noi.
Non sono qui a dirvi che l'amore non esiste, ma credo soltanto che io l'amore l'ho sfiorato senza mai toccarlo davvero.
Ecco perché non posso dirvi che l'amore esiste, ma non posso nemmeno dirvi che non esiste perché ci credo davvero.

SO COSA VOGLIO PER LA MIA VITA: VOGLIO IL RISPETTO, VOGLIO QUALCUNO CHE A ME CI TENGA E CHE ABBIA PAURA DI PERDERMI, VOGLIO QUALCUNO CHE SAPPIA FARCI, CHE LA SERA PRIMA DI OGNI COSA VOGLIA ME, ME BAMBINA, ME RAGAZZINA, ME DONNA.

Voglio mescolare il mio caratteraccio a quello di un uomo che non dice che sono fatta male, ma semplicemente che sono fatta così e mi accetta per quella che sono.

L'AMORE È SENTIRSI AL SICURO IN OGNI PARTE DEL MONDO, DUE BRACCIA CHE TI FANNO DA CASA, UN CUORE CHE TI FA DA CUCINA, UN SORRISO CHE TI FA DA LETTO.

Ho creduto nell'amore quando tutti mi dicevano di non farlo, ci ho creduto e mi sono fatta male troppe volte, tante che a contarle nemmeno le ricordo più.
Sono brava a rimuovere, ho molti ricordi nascosti che non voglio far riaffiorare, tante cose a cui non credo più per colpa di certi uomini, questi uomini. Uomini che non sanno tenersi la propria donna, uomini senza carattere, uomini che dicono ma non fanno, uomini di poche parole e di poche idee. Ne ho conosciuti parecchi, forse uomini sbagliati per quella che sono.
Ho lasciato e mi hanno lasciata andare così facilmente che ho capito che l'amore a volte si urla ma non lo si prova.

NON URLATE L'AMORE, SE NON LO PROVATE DAVVERO, NON TENTATE INVANO DI ESSERE CIÒ CHE NON SIETE. NOI DONNE NON VOGLIAMO UOMINI FINTI, VOGLIAMO SOLTANTO ESSERE AMATE DAVVERO.

REBEL

Finito *Uomini e donne* credevo, ancora una volta, di aver trovato l'amore e insieme abbiamo accettato la sfida di partecipare a un altro programma televisivo, ***Temptation Island***.

Lì mi hanno detto che i miei atteggiamenti erano eccessivi, che dovevo lavorare su me stessa e la mia gelosia. Invece in quel programma ho capito che forse non volevo lavorare a niente, che volevo essere così, la pazza gelosa che fa sfuriate, quella che piange e ci resta male.

**SÌ, È VERO, FORSE DOVEVO RAFFORZARMI UN PO', MA CI HA PENSATO E CI PENSA LA VITA OGNI GIORNO A INDURIRMI.
A VOLTE SEMPLICEMENTE SI AMA TROPPO, ALTRE NON SI AMA ABBASTANZA, ALTRE ANCORA CI SI SENTE SOLTANTO SOLI ANCHE CON QUALCUNO ACCANTO...**

DIMMI CHE IL TEMPO CAMBIA
E FA CAMBIARE ANCHE LE
PERSONE,
DIMMI CHE NON È GIUSTO
AMARE
SE AMORE NON TORNA,
DIMMI CHE CERTE SITUAZIONI
SONO FATTE PER ANDARE VIA,
ALTRE PER RESTARE,
MA COMUNQUE, BISOGNA
SEMPRE ESSERE SE STESSI.

DIMMI CHE A OGNI
TRAMONTO
VUOI FARE L'AMORE,
A OGNI ALBA VUOI
SVEGLIARTI AL MIO FIANCO,
DIMMI CHE SONO QUELLA
CHE HAI SCELTO
E QUELLA CHE SCEGLIERAI
SEMPRE, DIFETTI
COMPRESI.

DIMMI DI UNA CASA IN CITTÀ, UNA
SCUOLA VICINA,
UN LAVORO PER VIVERE UNA VITA
TRANQUILLA.
DIMMI CHE OGGI SEI ANDATO VIA E
HAI SENTITO IL MIO PROFUMO PER
TUTTA LA GIORNATA,
DIMMI CHE NON NE HAI AVUTO
ABBASTANZA
E NE VUOI DI PIÙ.

DIMMI CHE L'AMORE ESISTE,
CHE L'AMORE SONO IO CHE FACCIO
COSE STRANE,
MANGIO IN MODI STRANI E SORRIDO
QUANDO MI FAI LE SMORFIE.
DIMMI CHE L'AMORE SONO IO.
DIMMI CHE SONO TUA

SCELTE

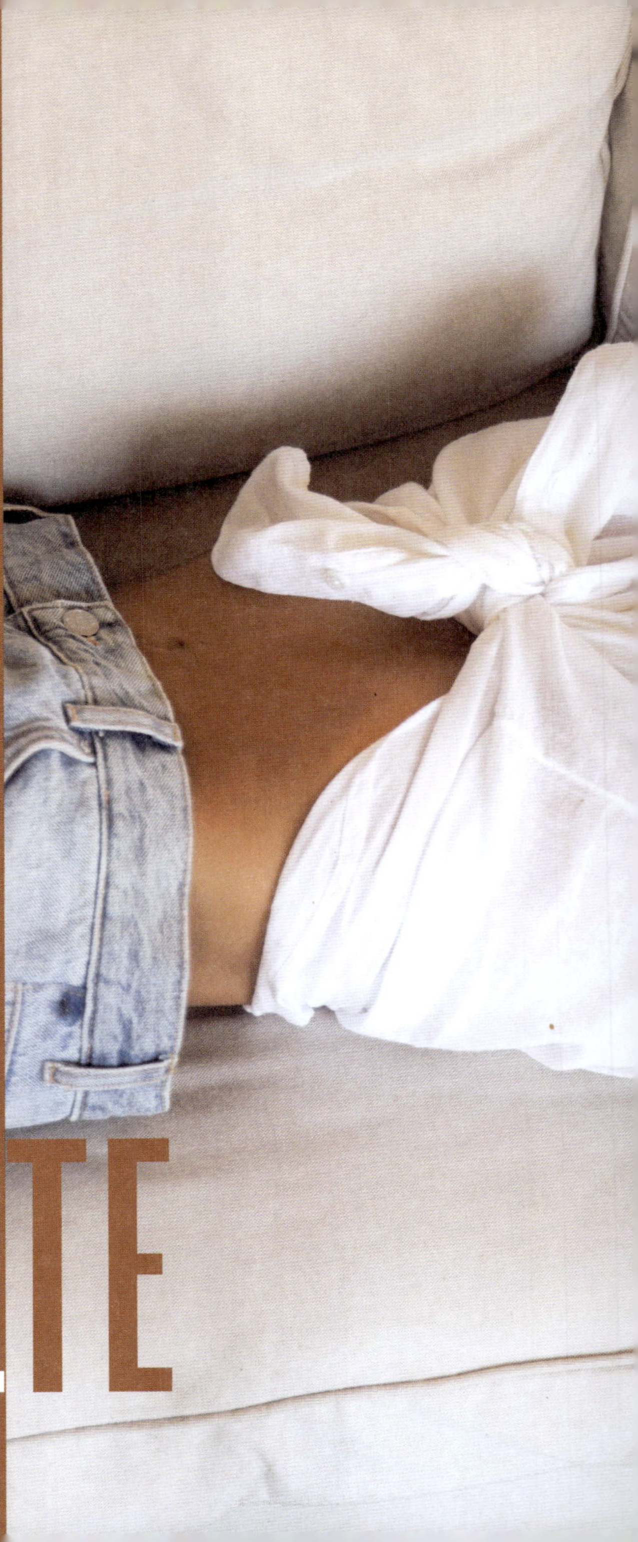

HO LASCIATO DELLE PAGINE VUOTE.
VUOTI.
CI SI SENTE COSÌ A VOLTE.

QUESTO CAPITOLO AVREI DOVUTO METTERLO PRIMA, PERCHÉ ALLA FINE DI *UOMINI E DONNE* È QUESTO CHE SI FA, SI SCEGLIE.

All'inizio ho pensato di non dare troppa importanza alle scelte, ma poi mi sono detta che certe scelte le ho fatte e qualsiasi donna che sta leggendo questo libro deve imparare che nella vita le scelte si fanno, nel bene o nel male.

Ho lasciato delle pagine vuote perché non voglio parlare del perché ho scelto, del perché poi tutto è finito. **Ho lasciato delle pagine bianche perché** io di ricordi ne ho, e non ho voglia di trascriverli. Nel bene e nel male si ama, mi dicono. Io ho amato nel bene e ho amato nel male. Non devo spiegazioni a nessuno, mi sono addossata tante colpe, anche colpe che non avevo, ma sono rimasta in silenzio, non volevo ferire nessuno, fare male a nessuno, trasfigurare nessuno. **Ho lasciato delle pagine vuote perché** volevo dire a voi donne che non è importante chi scegliete nella vostra vita, la cosa più importante è che scegliate prima voi stesse.

L'AMORE TI ACCAREZZA SEMPRE.
L'AMORE TI ACCAREZZA,
NON TI GRAFFIA MAI,
LO SCOPRI IN UN GIORNO QUALUNQUE,
QUANDO CREDI CHE LA VITA CHE FAI
E LE PERSONE CHE HAI ACCANTO
SIANO DAVVERO QUELLE GIUSTE.
LO SCOPRI E SCAPPI,
E POI RITORNI SUI TUOI PASSI,
ALLA FINE SEI TU A SENTIRTI SBAGLIATA.
MA L'AMORE NON TI FA SENTIRE SBAGLIATA,
L'AMORE È GENTILE,
TI SPIEGA DOVE SBAGLI E TI MIGLIORA.
L'AMORE NON TI LASCIA SEGNI,
SE NON SUL CUORE.

LO IMPARI COL TEMPO,
TRA UNA LACRIMA E L'ALTRA.
L'AMORE NON ESISTE,
SE A FARLO ESISTERE SONO LE PERSONE CHE
NON SANNO AMARE,
PERCHÉ L'AMORE NON TI RENDE FRAGILE,
MA MOLTO PIÙ FORTE.

LAVORO

Ho iniziato a postare sui social quando avevo circa tredici anni, quando ancora Instagram non era usato da tante persone. Ero giovanissima, iniziavo a guadagnarci qualche soldo per me, mi piaceva, mi è sempre piaciuto quel mondo.
La mia passione probabilmente nasce da quando ero piccolina. La famiglia di mia madre ha avuto per vent'anni un maglificio, e il mondo della moda e dei vestiti mi ha sempre affascinato. Mia madre è sempre stata una grande lavoratrice, sempre ben vestita, sempre con quel filo di trucco che non mancava mai. Lei è stata il mio esempio, ecco perché oggi lavoro h24, ecco perché mi do sempre tanto da fare, ecco perché amo vestirmi bene e non avere nessun punto di riferimento se non me stessa.

SO BENISSIMO CHE MOLTE PERSONE NON CONSIDERANO QUELLO CHE FACCIO UN VERO E PROPRIO LAVORO, PERCHÉ NON SANNO COSA C'È DIETRO UNA SEMPLICE FOTO DI UN SORRISO.

Luci, trucco, freddo, caldo, passiamo talmente tante ore a preparare tutto che è difficile pensare che ci sia un solo sorriso in quella foto postata.

C'È MOLTO ALTRO.

Ci sono le ore passate a scegliere la luce giusta, la foto giusta, ore e ore al computer, ore al trucco, ai capelli, fai questo e fai quest'altro.
Non voglio dire che faccio un brutto lavoro, o che rispetto ad altri il mio lavoro è più pesante, non sono così ipocrita.
Amo quello che faccio e amo il modo in cui lo faccio.
Amo ogni particolare, le scelte che faccio per non essere una qualunque ma un esempio per tutte le persone che mi seguono.

Perché è una responsabilità avere tanti occhi addosso, le persone ti prendono come punto di riferimento, ti ascoltano, tentano di somigliare a ciò che sei, a ciò che mostri loro. Quindi in primis devo essere un esempio per tutte loro, e devo soprattutto star bene con me stessa, questo è un punto fondamentale.

AMO IL MIO LAVORO E MI DISPIACE QUANDO LE PERSONE DICONO CHE NOI INFLUENCER NON FACCIAMO NULLA, PERCHÉ NON È COSÌ.

Per tre anni non ho visto il mare da vicino. Per quanto il lavoro mi portasse a due passi dal mare, non avevo mai il tempo di farmi un bagno, di dedicare anche soltanto cinque minuti a me stessa. Questo è solo un esempio come tanti, ma è quello che ho scelto. Per quanto questo lavoro mi porti ovunque, mi faccia stare per ore e ore in un posto, corri a destra e corri a sinistra, faccio quello che amo, quindi per me non é assolutamente un peso, anzi.

DICONO CHE SE FARAI DELLA TUA PIÙ GRANDE PASSIONE IL TUO LAVORO, NON LAVORERAI NEMMENO UN GIORNO DELLA TUA VITA. IN EFFETTI È COSÌ.

Se le cose andassero sempre così credo che non ci sarebbe infelicità in molte persone.

Non tutti possono fare quello che amano, non tutti hanno questa fortuna e, perché no, nemmeno la testardaggine di mettersi in gioco e fare di se stessi il protagonista del proprio lavoro, del proprio futuro.
Da bambina ero un po' viziatella, come dicevo, e mia madre ha sempre cercato di non far mancare nulla a me e alle mie sorelle, quindi se volevo qualcosa lei me la comprava. A volte lo faceva di nascosto e mi diceva: «Non dire niente alle tue sorelle che se no mi sgridano, perché a loro non ho preso niente oggi». Era proprio un tesoro quando faceva così.
Non sono comunque mai stata una che seguiva la moda. Se una cosa mi piaceva la compravo, non ho mai avuto punti di riferimento in questo senso, ho sempre creato la mia moda.
Io non faccio mai niente e non indosso mai niente se non mi piace.

Quando i social erano ancora usati poco dai brand capitava che postassi foto di vestiti, di quel particolare stivale, di quel tipo di gonna magari. **Col tempo la gente mi prendeva come esempio, cercava le cose che indossavo, amava le cose che postavo, e da lì ho capito che quello doveva essere il mio lavoro, che ero nata per quello. Ma non sono solo la donna che si vede sui social.**
C'è tanto lavoro e tanta dedizione in quello che faccio. Tutto ruota intorno al mio bisogno di stare bene con me stessa: se sto bene con me stessa so che posso affrontare tutto, indossare tutto, sorridere e sentirmi bene.
Amarsi è un punto fondamentale del mio lavoro ma non solo, ogni donna che si ama può permettersi di affrontare il mondo circostante, l'amore per se stessi deve essere una costante invariabile.
Non sono i fan, non sono i brand, niente può darti la giusta soddisfazione nella vita quanto sentirsi appagati da ciò che si è.

GUARDARSI ALLO SPECCHIO E NON COMBATTERE UNA GUERRA, MA SEMPLICEMENTE AMARSI, AMARSI SEMPRE.
IO SONO QUESTA.
DEVO STARE BENE DENTRO PER STARE BENE FUORI.

GUARDA IL MONDO DALL'ALTO
E DAL BASSO,
GUARDALO DA SINISTRA E DA DESTRA,
GUARDALO SENZA ASCOLTARE IL
PENSIERO DEGLI ALTRI,
GUARDALO E FATTI UNA TUA IDEA.
IMPARA A CONOSCERE IL MONDO
PER QUELLO CHE CREDI CHE SIA.

IMPARA A GUARDARTI SENZA
DOVERTI GIUDICARE,
IMPARA AD AMARTI SENZA
DOVERTI ODIARE,

IMPARA CHE VIVRAI CON TE STESSA OGNI GIORNO DELLA TUA VITA,
IMPARA A TROVARE IL TUO MODO,
IL TUO POSTO, IL TUO TEMPO.

BELLEZZA

IL RAPPORTO CON LA BELLEZZA NON È MAI STATO FONDAMENTALE NELLA MIA VITA. ESSERE BELLI, POI, COSA SIGNIFICA? IO HO DAVVERO BISOGNO DI STARE BENE DENTRO DI ME, ALTRIMENTI NON MI VEDRÒ MAI DAVVERO BELLA. QUESTO È IMPORTANTE.

Molti hanno provato a criticarmi perché mi sono rifatta il seno, ma io il seno non l'ho rifatto per sentirmi bella o per avere un seno grande. Purtroppo sono nata con una malformazione muscolare nel lato destro, non ho muscoli in quella parte. È successo quando ero dentro la pancia di mia madre e non mi si è sviluppato un pettorale. Ma sono stata molto fortunata, perché non ho problemi a muovere il braccio: molte persone con la mia stessa malformazione sono rimaste col braccio immobile. Comunque questa cosa da piccola l'ho risentita un po'. Una volta, per una foto, mi è stato detto che mi sono photoshoppata. Questa è una cosa che ho sempre sofferto, per quanto non lo lasciassi trasparire: non mi è mai interessato il commento «sei troppo magra o sei troppo grassa», ma quando mi criticano per quel motivo ci rimango male.

NESSUNO PUÒ SAPERE CHE GUERRA COMBATTI FINCHÉ NON LA VIVE.

io so che ci ho sofferto, e se l'ho fatto è perché più che un bisogno totalmente estetico era un bisogno fisico.
Le persone pensano che se hai dei bei capelli e un addominale asciutto allora sei bella, ma la bellezza è tutta una questione di testa.
A volte si è molto più belli in tuta che con un tacco alto, o si è molto più belli senza trucco che col trucco. La bellezza è davvero una cosa molto sottile, e sapere cos'è bello e cos'è brutto non è facile.

**IO CREDO CHE SEI BELLA QUANDO STAI BENE CON LE PERSONE CHE HAI ACCANTO, COL TUO CARATTERE E CON I TUOI SENTIMENTI.
ALLORA IN QUEL MOMENTO NON T'IMPORTA DAVVERO PIÙ DELLO SPECCHIO, PERCHÉ TI SENTIRAI SEMPRE BELLA.**

Ma non è quello che indosso a farmi sentire bene, bensì quello che ho dentro, e questo è un mio lato fondamentale. Se sto bene con me stessa posso uscire anche in tuta o in pigiama, poco m'importa. Spesso i miei amici mi dicono che sono matta perché non hanno mai visto una che prende ed esce in pigiama. Io non so se sono matta, o forse un po' lo sono, come dicono loro, ma so anche che vivere alla ricerca della bellezza è una guerra che molte donne affrontano, e io non voglio insegnare loro che solo quel vestito ti rende bella, che solo quel trucco può farti star bene. Io voglio insegnare a tutte le ragazze che mi seguono e che

stanno per diventare donne, come sto facendo io, che si può imparare ad amarsi, si può decidere di vivere senza ascoltare il parere delle persone che a volte sanno essere cattive, si può decidere di fare un percorso su se stessi e star bene.
Se sta bene il cuore, se sta bene la testa, anche il corpo sarà capace di non dare valore alle piccolezze, al peso, a una smagliatura.
Siamo donne, e in quanto tali dobbiamo fare dei nostri tratti caratteristici i nostri punti di forza.

NON È UN BEL FISICO A RENDERTI BELLA, MA LA PERSONA CHE SEI DENTRO, L'AMORE CHE PROVI PER I TUOI AMICI, PER I TUOI FAMIGLIARI, PER IL TUO UOMO, MA SOPRATTUTTO L'AMORE CHE PROVI PER CIÒ CHE SEI.
VIVI IN PACE, VIVI BENE, VIVI TANTO, TUTTO, VIVI AMANDO.

«Sei anoressica.»
«Ma non ti vedi quanto sei magra?»
«Ma finiscila, ti si vedono le ossa.»
«Ma che esempio dai alle ragazzine che ti seguono?»

È già da un po' che leggo questi commenti. Ma sapete una cosa? Non ci rimango male, per niente, però mi spiace e mi delude che qualcuno si azzardi anche solo a pensare che certe affermazioni possano restare sotto certe mie foto o miei video.

OGNUNO DI NOI HA UNA SOLA VITA E UN SOLO CORPO, E IO HO DECISO DI VIVERCI AL MEGLIO, ALLENANDOMI CON COSTANZA E FATICA, SCEGLIENDO UN PERCORSO NUTRIZIONALE CONTROLLATO E SALUTARE.

Non sono magra, non sono perfetta per fortuna, ho un corpo allenato e ci tengo molto a stare bene, psicologicamente e fisicamente, e questa forma mentis me l'ha creata la palestra e la disciplina.
Ecco, la disciplina è quella vocina dentro di te che sa dirti quali cose ti fanno stare bene e quali male. Mi accompagna da ormai quattro anni in un percorso di wellness vero, che con dedizione e sacrificio mi dà soddisfazioni impagabili. Io sto bene con me stessa e con gli altri e mi delude che qualcuno possa usare la parola «anoressia» con una leggerezza tale che paradossalmente gli dà forza, quando invece dovrebbe riflettere su quanto queste parole e questo *body shaming* facciano male, perché parlano di una malattia, qual è appunto l'anoressia.
Riflettete, e vi prego non comportatevi come leoni da tastiera che non conoscono le vere debolezze delle proprie vittime.

MANCANZE

Penso che un'assenza sia peggio di un lutto, perché il lutto lo puoi giustificare, ci stai tanto male ma lo capisci. Quella persona non è assente perché vuole esserlo, non c'è più e allora con il tempo ti abitui. Un lutto non fa male quanto un'assenza, quanto sapere che una persona è andata via volontariamente dalla tua vita.

Mio padre se n'è andato quando ero piccolina, avevo solo due anni, e questo mi ha segnato molto. Avrei voluto tornare indietro e abbracciarlo più forte quel giorno, per ricordarmi ancora che sapore hanno certi abbracci, ma il tempo è passato e sono cresciuta senza di lui.

OGGI MI DICO CHE HO LE MIE COLPE, A VOLTE LA RABBIA TI RENDE OSTILE VERSO ALCUNI ATTEGGIAMENTI, MA SO PER CERTO CHE SE UNA PERSONA VUOLE ESSERCI DAVVERO NON SPARISCE, TROVA SEMPRE UN MODO PER TORNARE DA TE.

L'ASSENZA DI UN GENITORE DURANTE I PRIMI DICIOTT'ANNI CREA UN VUOTO E NON BASTA LA VOLONTÀ PER COLMARLO.

Nei primi diciott'anni abbiamo bisogno dei nostri genitori, per crescerci, per educarci, per insegnarci il rispetto, a cadere e a rialzarci, a farci male senza farci male. È proprio una necessità, e quando una delle due figure ti manca cresci con una crepa che non puoi riparare con un po' di cemento. La puoi ricoprire, ma la crepa rimarrà lì per sempre.

Mi è mancato un padre che si preoccupasse della mia pagella scolastica o mi venisse a prendere a scuola. Per me, per tutto questo, c'era solo mia madre. Se stavo male dovevo chiamare lei, che lavorava a quaranta chilometri di distanza, anziché mio padre che era lì, a due passi da me.

Io a diciott'anni ho sofferto, mi sono fatta il culo per trovare me stessa e quella che volevo essere, per realizzarmi. Ho pianto, ho toccato punti invivibili e indescrivibili, che solo al pensiero mi fanno ancora male. A volte mi chiedo quanto di quello che sono diventata sia dovuto anche all'assenza di mio padre: il mio essere fragile, il mio piangere, il mio aver paura, il rapporto che ho con le persone, il legarmi e non legarmi, il modo in cui mi avvicino agli uomini con la costante paura che vadano via.

Io l'ho perdonato, l'ho perdonato davvero, ma se qualcuno mi chiedesse se le assenze si colmano, se le assenze si superano, io risponderei di no, che con le assenze ci convivi per tutta la vita, ti rimangono dentro per sempre.

Oggi, a ventidue anni, non posso dire di punto in bianco: «Ricominciamo», perché non so far finta che tutto questo non sia mai successo. Si ricomincia qualcosa che è iniziato e si è interrotto. Ma il nostro rapporto non è neppure iniziato.

SE MAI MIO PADRE DOVESSE TORNARE, A QUESTO PUNTO DELLE NOSTRE VITE, POTREMMO SOLO TENTARE DI CAPIRE SE ABBIAMO ANCORA DEI PUNTI DI INCONTRO, CERCANDO DI TROVARLI.

VOGLIO QUALCUNO CHE MI CHIEDA
SE SONO A CASA SUBITO DOPO
CHE CI SIAMO LASCIATI,
QUALCUNO CHE AMI CIÒ CHE SONO DAVVERO.
VOGLIO QUALCUNO CHE MI TENGA PER MANO
QUANDO STO PER CADERE,
QUALCUNO DA CHIAMARE ALLE TRE DI NOTTE
PERCHÉ MI SENTO SOLA.
VOGLIO QUALCUNO CHE ABBIA SEMPRE VOGLIA DI
CORRERE DA ME,
QUALCUNO CHE NON ABBIA PAURA DI LASCIARE
OGNI COSA SOLO PER AVERE ME.
NON VOGLIO UN PRINCIPE,
NON CREDO PIÙ ALLE FAVOLE,
VOGLIO UN PIRATA
CHE MI TRATTI DA PRINCIPESSA.

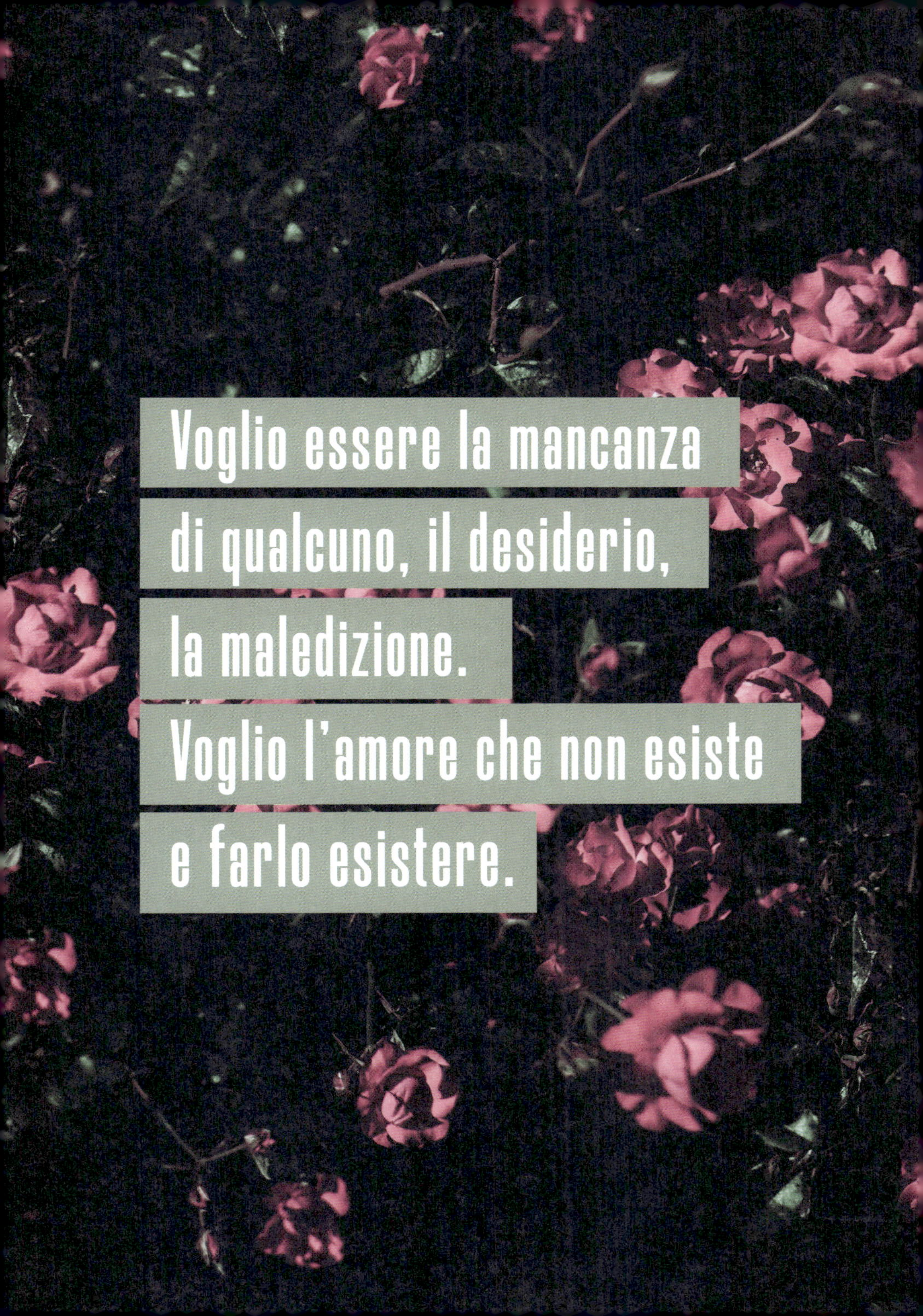
Voglio essere la mancanza
di qualcuno, il desiderio,
la maledizione.
Voglio l’amore che non esiste
e farlo esistere.

AMICI

HO TANTI CONOSCENTI, POCHISSIMI AMICI.

SPECIALMENTE DA QUANDO SONO CRESCIUTA E HO CAPITO CHE LE PERSONE TI STANNO ACCANTO SOLO PER CONVENIENZA, SOPRATTUTTO NELLA POSIZIONE IN CUI BENE O MALE MI TROVO.

Oggi la gente si basa sui follower, sulla notorietà, sulla fama, cose molto lontane da me, per quanto oggi le abbia e ringrazio il cielo di averle, ma non è quello il mio scopo nella vita. Ci sono tante persone che ti vogliono bene, ma il «ti voglio bene» più che dirlo bisognerebbe dimostrarlo. Le parole, come si dice, se le porta via il vento, ma dimostrare di voler bene è tutta un'altra cosa.

HO UN MIGLIORE AMICO, MAX.

Lui è quel tassello che se mi viene a mancare mi crollerebbe tutta la casa. Non è solo un amico, è più di un fratello, più di un papà in certi casi, visto che è molto più grande di me, noi siamo Bonnie e Clyde, è così che a volte ci chiamiamo.
Ho fatto vari tatuaggi con lui, lo conosco da veramente tantissimi anni, è uno di quelli che se chiami alle quattro del mattino prende la macchina e viene a prenderti, ovunque tu sia.

LUI C'È,

È UNA PRESENZA COSTANTE, CHE PER QUANTO NELLA VITA VAI AVANTI SAI CHE VOLTANDOTI LO TROVERAI SEMPRE LÌ A SOSTENERTI IN QUALSIASI TUA SCELTA, O A TIRARTI LE ORECCHIE, PERCHÉ NO: GLI AMICI FANNO QUESTO, SI SOPPORTANO E SI SUPPORTANO IN OGNI MOMENTO, QUALSIASI DECISIONE.

Lui c'era nei momenti più brutti della mia vita, quei momenti che non auguro mai a nessuno, quelle brutte esperienze che ti lasciano il segno. Tutti abbiamo dei segreti che ci portiamo dentro, le «cose che non puoi raccontare alla mamma», e in questi casi lui mi ha fatto da guida, da mentore.
La verità è che è difficile che qualcuno si avvicini a te perché sei Ludovica e non perché sei Ludovica Valli, e questo purtroppo oggi ti fa vivere tutto in maniera più attenta, perché alla fine molte persone tendono a fingere solo perché vogliono qualcosa da te.

IO SONO SEMPRE STATA UNA TIPA UN PO' ASOCIALE, FORSE: PIÙ CHE ANDARE A QUELLA FESTA, A QUELLA CENA, IN QUEL RISTORANTE A PARLARE DELLE SOLITE COSE, HO SEMPRE PREFERITO STARE A CASA COL MIO ETTORE, LA MIA CUCINA, DIVANO E TV.

Sono questa, io. E anche se a volte devi raggiungere dei compromessi professionali che ti portano ad andare a certi eventi – ovviamente questo è il mio lavoro –, io prediligo sempre lo stare a casa, lavorare al PC, guardarmi un film.

Quante volte io e Max ci siamo ritrovati con due cartoni di pizza per terra e le nostre storie da raccontarci.

SONO QUESTA, IO. E PER QUANTO FACCIA PARTE DI QUESTO MONDO TENDO A TENERE LE DISTANZE GIUSTE PER NON CERCARE DI APPARIRE E BASTA, MA ESSERE, COME VOGLIO ESSERE, SEMPRE ME STESSA, QUALSIASI COSA FACCIA.

Per quanto riguarda le donne, non posso non nominare Rosy. Lei è ciò che porto con me da sempre, il mio esatto opposto, ma fin dall'infanzia il nostro è un legame che non si spezza. Ci vediamo poco perché siamo lontane e siamo sempre impegnate in qualcosa, ma ogni volta che ci vediamo è come se fossimo sempre state l'una a un passo dall'altra. Adesso sapete che ho un metro di paragone molto forte, perché ho la fortuna di avere incontrato due persone davvero speciali che custodisco dentro, ed è difficile che faccia entrare nella mia vita persone che non sanno cosa voglia dire voler bene a qualcuno e dimostrare questo bene con l'esserci davvero, in qualsiasi momento.

QUINDI SCEGLIETEVELI BENE GLI AMICI CHE VI AFFIANCHERANNO PER IL RESTO DELLA VOSTRA VITA, SARANNO UNA PARTE FONDAMENTALE DI CIÒ CHE SARETE.

CHIAMAMI QUANDO IL MONDO
CROLLA
E TI VERRÒ A PRENDERE,
MI DICEVI,
E LO HAI SEMPRE FATTO.

IO E TE,
COME BONNIE E CLYDE,
DIVISI DA DUE CORPI
MA CON UN SOLO CUORE.

ETTORE

ECCOCI QUI.
QUESTO CAPITOLO.
SO BENE CHE MENTRE PARLERÒ DI QUESTO PERIODO DELLA MIA VITA INIZIERÒ A PIANGERE.
TUTTI ABBIAMO UN PUNTO DEBOLE, E PER QUELLO CHE RAPPRESENTA, LUI È IL MIO.

Ettore l'ho preso in un periodo molto difficile della mia vita.
C'era Ettore, c'era Max.

Ettore, perché ho sempre voluto chiamare così mio figlio, ma non avendo figli ho regalato a lui questo bellissimo nome. L'ho preso subito dopo avere chiuso una relazione tosta, di quelle che non puoi non uscirne graffiata. E dopo questa fine ho avuto un piccolo crollo psicologico che mi ha fatto perdere la forza di fare ogni cosa. Lavoravo poco, non uscivo praticamente mai.

MI ERO CREATA DEI VUOTI CHE NON RIUSCIVO A COLMARE.

So bene che nella vita parte tutto dalla testa, da quello che decidi ti possa far bene o male, e io mi ero semplicemente lasciata andare alle onde che mi portavano un po' a destra un po' a sinistra, e mi sono resa conto che avevo bisogno di un'ancora che fermasse questo periodo in balia di ciò che ormai non riuscivo più a fermare da sola.

Sono stata seguita anche da uno psicologo, che senza dubbio mi ha aiutato tantissimo: credo che ognuno di noi una volta nella vita dovrebbe andarci, non c'è nulla di cui vergognarsi.

CAPITA DI PERDERSI, DI ADDOSSARSI COLPE CHE NON SI HANNO, E QUESTE COLPE POSSONO LOGORARTI DENTRO, QUINDI HO DECISO DI INTRAPRENDERE QUESTO PERCORSO ALLA RICERCA DI QUELLA CHE ERO E CHE AVEVO PERSO IN QUEL MOMENTO.

Mi sono resa conto di essere una donna forte, perché sono una donna molto forte, ma so anche di essere molto debole, perché mi rendo conto che mi lascio ammalare dall'amore, dalle cose che mi invadono e che non so gestire.
L'amore io non riesco a gestirlo. Solo col tempo ho capito che forse l'amore che provavo non era direttamente proporzionale all'amore che ricevevo, e questo mi ha creato un vuoto che non vedevo, che non comprendevo ma che c'era, e che mi ha portato a questo crollo.

ETTORE L'HO PRESO PERCHÉ AVEVO BISOGNO DI QUALCOSA DI COSTANTE.

Non riuscivo più a dormire da sola, non riuscivo più a far niente ormai, e lui, il mio piccolo Ettore, mi ha aiutato in ogni cosa.

Ettore è stato ed è tanto, e lui non vuole niente, non ti chiede niente, non tende a ferirti, è sempre lì ad aspettarti.
Per quanto tempo tu lo lasci da solo, ogni volta che torni ti salta addosso perché è felice di vederti e ti trasmette quella stessa felicità che irradia.
Quando sei sul divano lui si accuccia vicino a te in cerca del tuo calore.

Fino a qualche anno fa non credevo che un animale potesse dare così tanto a una persona, ma oggi posso dirvi che un animale può completarvi, può darvi la forza di reagire, o almeno l'ha data a una ragazza sola di vent'anni che era stata distrutta dalle cose che aveva amato.

Quando Ettore è venuto a stare da me era settembre, stavo male, stavo così male. Ricordo che nel periodo delle feste di Natale mia madre mi chiamava per andare a festeggiare e io inventavo ogni scusa per non andarci, ma non perché non volessi, avevo una voglia matta di andare da lei e stringerla forte, ma perché sapevo che vedermi così avrebbe fatto più male a lei che a me. E quindi il giorno di Natale eravamo io e il mio Ettore a casa. Stessa cosa a capodanno, lui e io sempre.

LUI HA FATTO TANTO, NEMMENO LO SA. MI HA DATO LA FORZA DI REAGIRE, DI USCIRE DI CASA.

Lui è quello che quando lavoro al PC si avvicina sempre con quel musino in cerca dei miei occhi.
Ed è come se guardandomi capisse cosa provo, come sto, e se sto male lui è lì, la mia ancora in mezzo al mare che mi tiene ferma e non mi fa perdere nell'oceano.

NON È VERO CHE UN CANE NON PUÒ FARE NIENTE PER LA TUA VITA, UN CANE PUÒ FARE TANTO, PUÒ REGALARTI TANTO, PUÒ SALVARTI.

Il mio piccolo, gelosissimo, dolce Ettore mi ha salvata, e chi ha un cane può capire di che cosa sto parlando, e perché in questo capitolo ho messo tanto cuore.

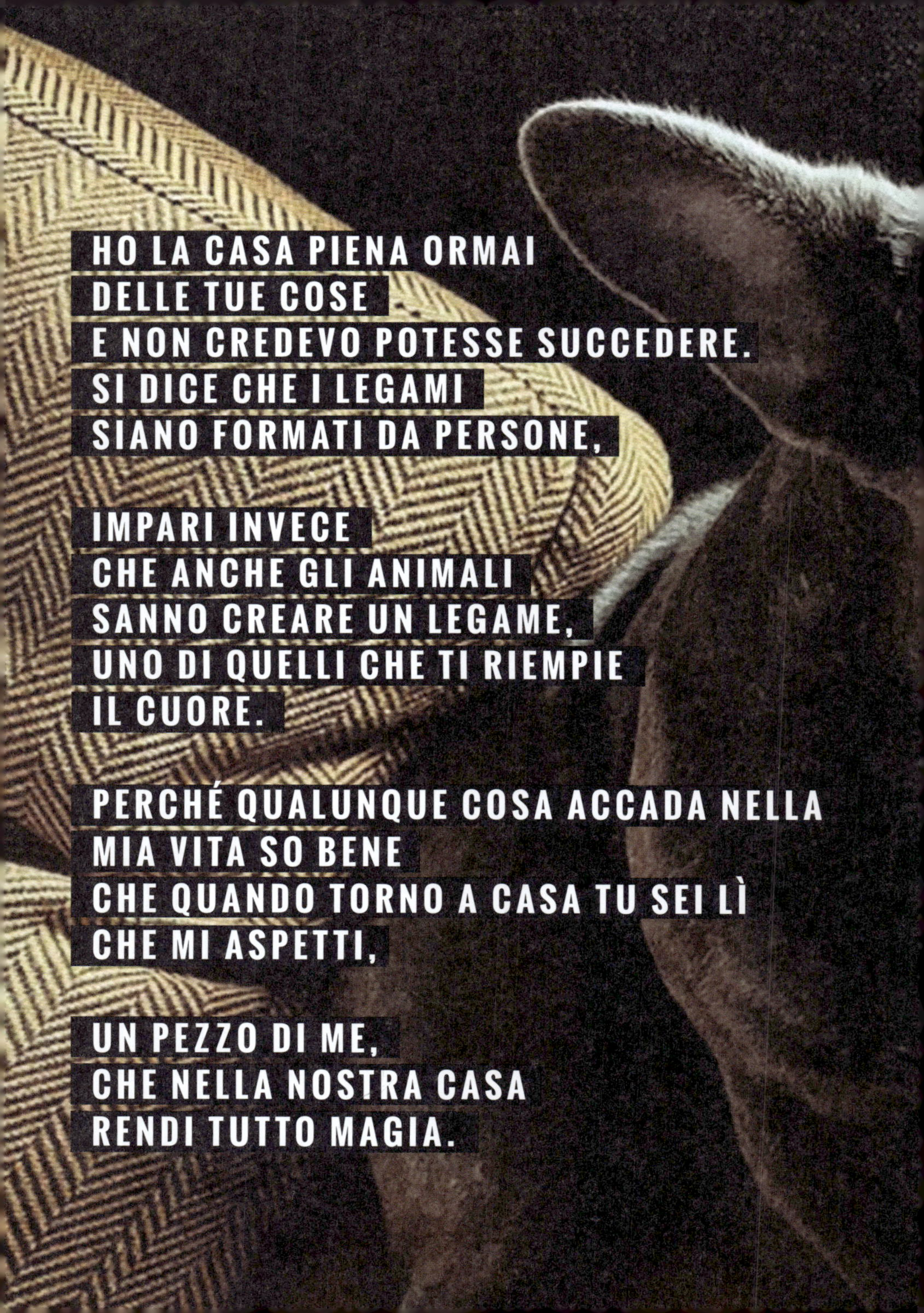

HO LA CASA PIENA ORMAI
DELLE TUE COSE
E NON CREDEVO POTESSE SUCCEDERE.
SI DICE CHE I LEGAMI
SIANO FORMATI DA PERSONE,

IMPARI INVECE
CHE ANCHE GLI ANIMALI
SANNO CREARE UN LEGAME,
UNO DI QUELLI CHE TI RIEMPIE
IL CUORE.

PERCHÉ QUALUNQUE COSA ACCADA NELLA
MIA VITA SO BENE
CHE QUANDO TORNO A CASA TU SEI LÌ
CHE MI ASPETTI,

UN PEZZO DI ME,
CHE NELLA NOSTRA CASA
RENDI TUTTO MAGIA.

TATUAGGI

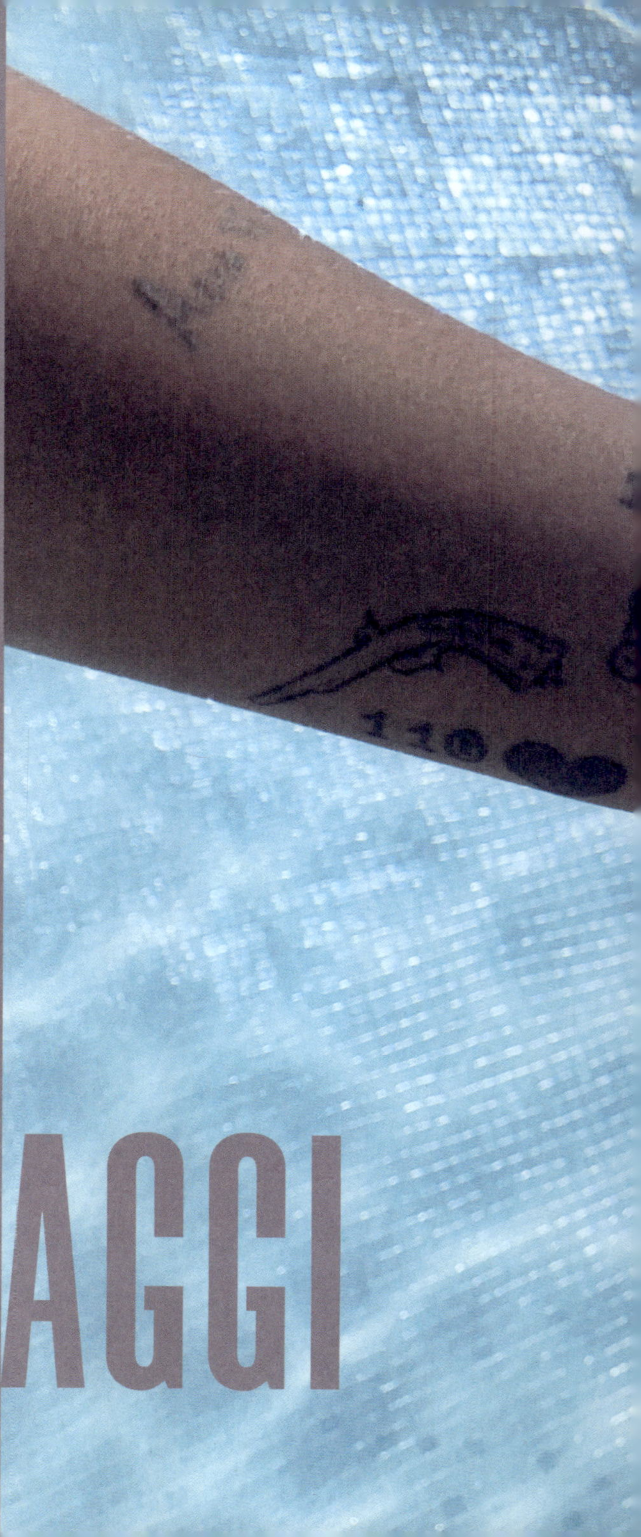

Ho tante cose che mi rappresentano scritte addosso, amo tutto quello che si può capire leggendomi dentro e leggendo ciò che ho disegnato sulla mia pelle.

Il mio primo tatuaggio è stato TI AMO MAMMA sotto il braccio, l'ho inciso sulla mia pelle dopo il brutto periodo della malattia di mia madre.
Dopo il tumore ha avuto una ricaduta ed è entrata in una fase di depressione. Io ero lì accanto a lei, sempre, e volevo ricordare a me stessa e a mia madre quanto amore ho dentro per lei e per tutto quello che è stata per me.
I nomi delle mie sorelle, uno a destra e uno a sinistra, sui polsi, perché per quanto oggi per i nostri impegni ci sentiamo poco e ci vediamo poco, se cado so che saranno lì a sostenermi.
TONNO, che mi ricorda il periodo che ho vissuto da sola a Formentera e che ha cambiato il mio modo di essere, mi ha fatto diventare grande.

LA PISTOLA DI BONNIE E CLYDE CON MAX.

Sempre con lui abbiamo fatto io una chiave e lui un lucchetto disegnato da noi, così solo io ho la chiave giusta per aprire il suo lucchetto e viceversa.
Sotto la pancia ho un ASTENETEVI DAL GIUDICARE, SIAMO TUTTI PECCATORI.
Ho un otto, che ho fatto con mia nonna a Formentera quando è venuta a trovarmi con la mamma. L'otto è il nostro numero: fin da bambina, quando andavamo in giro insieme, trovavamo sempre l'otto e quindi è diventato il nostro numero.
Ho la scritta REBEL dietro, sulla schiena, perché sono questo da sempre, ribelle per natura.
Sul fondoschiena ho, uno a destra e uno a sinistra, MI AMO e MI ODIO in inglese, per ricordarmi che ci saranno sempre giorni in cui mi amerò di più e giorni invece in cui mi odierò, non mi sopporterò, ma anche questa sono io.

HO LA SCRITTA «VIVERE» DIETRO IL GOMITO. VIVERE PERCHÉ IO VOGLIO SEMPRE VIVERE, VIVERE TUTTO, VIVERE A PIENO OGNI COSA.

HO UNA MAPPA SULLA PELLE
CHE TI INDICA LA STRADA
PER ARRIVARE AL MIO CUORE.
HO TANTA VITA ADDOSSO,
TANTI SEGNI NASCOSTI,
TANTE PAURE,
POCHE CERTEZZE,
SE NON LE PAROLE CHE HO SCELTO,

I DISEGNI CHE MI APPARTENGONO,
LA VITA CHE HO INCISO
SULLA MIA PELLE.
GUARDAMI ANCORA,
GUARDAMI MEGLIO,
OGNI COSA CHE HO
TI DIRÀ CHI SONO.

VITA

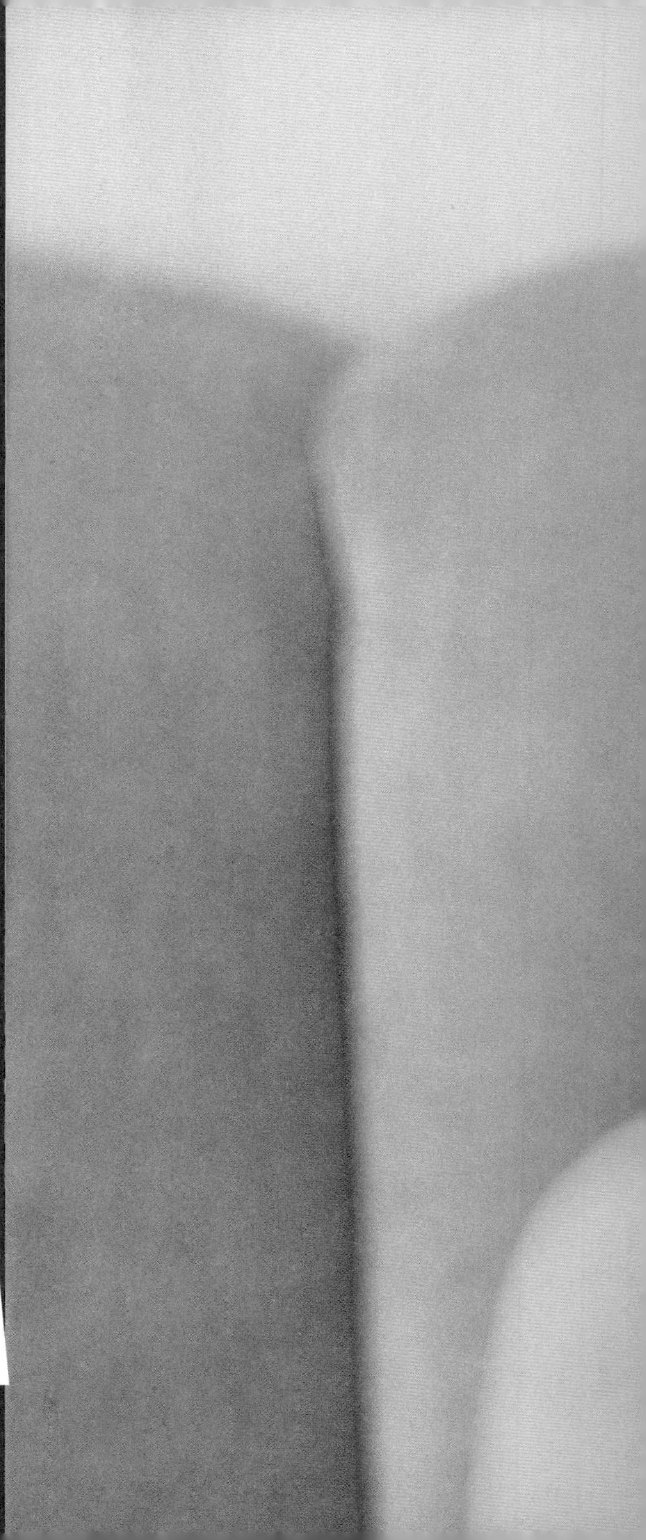

Se dovessi pensare al mio futuro, mi vedo mamma di tre bambini con un padre e marito stupendo.

UNA COSA CHE DICO SEMPRE È CHE SONO NATA PER FARE LA MAMMA, SONO NATA PER FARE LA MOGLIE, SONO NATA PER AVERE UNA FAMIGLIA TUTTA MIA E PRENDERMENE CURA.

Amo il mio lavoro e spero di continuare a farlo per tanto tempo, ancora di più, con nuove idee e nuove sfide, però essere mamma è il mio sogno più grande. Voglio tante cose dal mio futuro e spero di poterle fare tutte e poter avere il tempo e il modo di fare ogni cosa che ho in testa.
Mi piace viaggiare. Non ho un luogo preciso dove vorrei andare, ma so che voglio scoprire, voglio imparare culture diverse, usanze diverse, modi di fare che non mi appartengono.
Un giorno mi piacerebbe tanto andare a fare volontariato in zone disagiate, per esempio in Africa, partire e aiutare tutti quei bambini, accudirli, dar loro da mangiare, sentirmi parte di

qualcosa che ancora non conosco, ma che credo sia una delle esperienze più belle e significative della vita.
Un'altra cosa che vorrei provare nella mia vita è recitare, anche solo una piccola parte. Questo vorrei proprio farlo, me lo sono promesso, e ho messo questa promessa dentro un cassettino. La tengo lì e vorrei tanto tirarla fuori un giorno.
Penso sia molto importante avere sogni e lasciarli sempre in cassetti non del tutto chiusi, perché un giorno uno possa aprirli e realizzarli, nel lavoro, nello studio o nella vita privata.
Quando ho lasciato la scuola, per esempio, ho infilato in un cassetto mai chiuso la promessa che mi sarei diplomata, infatti a vent'anni ho iniziato a buttarmi di nuovo sui libri e ho preso il diploma in una scuola privata.

IO SONO QUESTA, SE MI METTO IN TESTA QUALCOSA FINISCE SEMPRE CHE LA FACCIO, NEL BENE O NEL MALE.

Un giorno vorrei sposarmi e vorrei che a portarmi all'altare fosse Dario, il fidanzato di mia madre.

Avevo dodici anni quando l'ho conosciuto, all'inizio ero gelosissima di mia madre, non lo volevo, avevo paura che me la portasse via. Non è stato facile accettarlo, io che ero molto legata a mia madre. Crescendo, poi, ho capito che è stato una salvezza per mia madre e per me. Nonostante avesse già due figli suoi, si è preso cura di me e della mia famiglia, ci ha cresciuti, c'è stato e c'è tuttora. Mia madre è felice con lui. Dario è una persona d'oro, il papà che avrei sempre voluto avere, e anche se non abbiamo lo stesso sangue per me è famiglia.

VORREI COSÌ TANTE COSE DAL MIO FUTURO CHE GESTIRE TUTTO NON SARÀ PER NIENTE FACILE, MA COME HO GIÀ DETTO HO I CASSETTI DEI SOGNI SEMPRE MEZZI APERTI, MAI CHIUSI DEL TUTTO.

Cosa mi riserverà la vita non lo so, ma so che voglio una famiglia tutta mia, lo ripeto ancora. È un punto fermo, qualcosa che devo fare per sentirmi davvero completa.

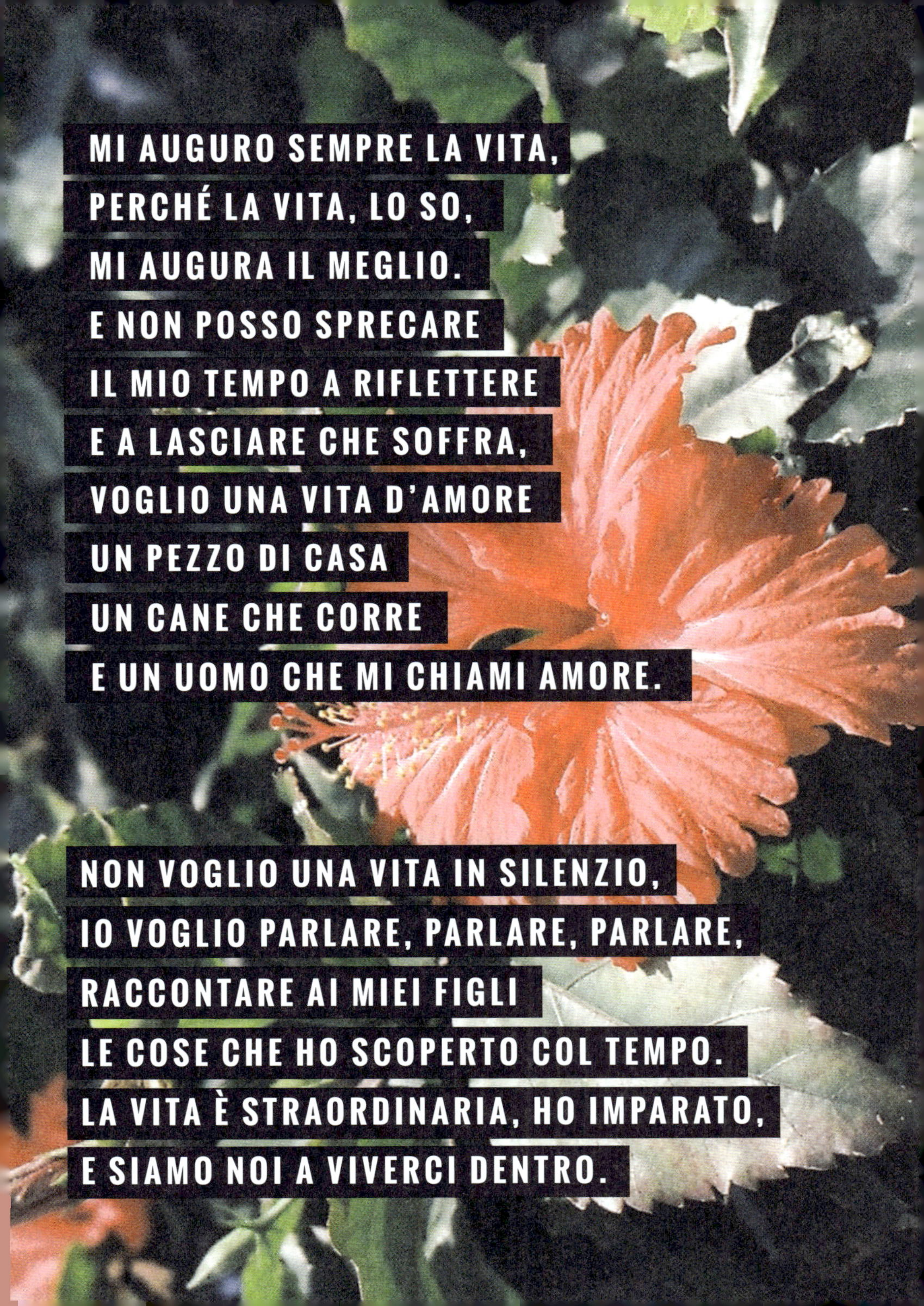

MI AUGURO SEMPRE LA VITA,
PERCHÉ LA VITA, LO SO,
MI AUGURA IL MEGLIO.
E NON POSSO SPRECARE
IL MIO TEMPO A RIFLETTERE
E A LASCIARE CHE SOFFRA,
VOGLIO UNA VITA D'AMORE
UN PEZZO DI CASA
UN CANE CHE CORRE
E UN UOMO CHE MI CHIAMI AMORE.

NON VOGLIO UNA VITA IN SILENZIO,
IO VOGLIO PARLARE, PARLARE, PARLARE,
RACCONTARE AI MIEI FIGLI
LE COSE CHE HO SCOPERTO COL TEMPO.
LA VITA È STRAORDINARIA, HO IMPARATO,
E SIAMO NOI A VIVERCI DENTRO.

LETTERA A ME STESSA

Love
Love

CARA LUDOVICA,

ti auguro di non ammalarti mai di cose che non sono all'altezza della tua persona, ti auguro di non cadere con così tanta forza, quella che spesso ti ha colpito senza darti la forza di reagire.
Ti auguro di reagire sempre, di non avere paura di lasciar andare chi non è in grado di amarti quanto meriti, non un po' meno, non abbastanza, ma tanto.
Ti auguro di amare tanto e di amare davvero.
Ti auguro qualcuno che sappia leggerti, che sappia ascoltarti nonostante i tuoi silenzi.
Ti auguro qualcuno che ti aggiusti il cuore e non voglia mai fartelo a pezzi.
Ti auguro qualcuno che sia vita e non solo il tempo di rincorrersi e poi non ritrovarsi mai.
Ti auguro una casa piena, dei piedi piccoli da tenere tra le mani, e un odore di amore che circondi la tua casa.
Sì, mia cara Ludovica, ti auguro sempre l'amore, quello che ti è mancato, quello che hai cercato disperatamente, quello di cui hai bisogno, quello forte, quello bisognoso, quello folle, quello intenso. Ti auguro il miglior amore che tu possa immaginare.
Ti auguro di non sentire le mancanze, quelle che hanno caratterizzato i tuoi vent'anni.

Ti auguro di fare pace col tuo passato e i fantasmi che ne fanno parte.
Ti auguro di continuare per la tua strada, di trovare sempre la bellezza nelle cose che nessuno vede, nelle cose che ti porti dentro, e non nelle cose che le persone vedono fuori.
Ti auguro di piangere ancora, così come stai facendo mentre rileggi questa lettera, con la tua spiccata sensibilità e la tua forza, quella che ti ha sempre caratterizzata.
Ti auguro le canzoni perfette ogni mattina presto, ogni volta che ti svegli e guardi il sole farsi sempre più caldo.
Ti auguro di trovare sempre la musica che accompagni la tua vita, la melodia perfetta, la sinfonia che ti porti verso strade lunghe, ma piene.
Ti auguro di avere Max sempre al tuo fianco, di volerlo come spalla, di avere bisogno delle sue mani per non cadere, dei suoi sorrisi per sorridere, delle sue parole per sentirti meglio.
Ti auguro di avere sempre Ettore accovacciato accanto a te, che ti guarda con gli stessi occhi e lo stesso piccolo muso, a ricordarti che l'amore non vuole niente in cambio, se non soltanto altro amore.
Ti auguro di realizzare tutti i tuoi sogni, e di scoprire che non esistono sogni troppo grandi ma solo sogni che abbiamo dentro, che portiamo con noi o che lasciamo andare, dipende solo da noi.
Ti auguro di vivere, vivere sempre come hai sempre fatto, senza nessun freno, senza mai dover dire: «Questo potevo ma non l'ho fatto».
Ti auguro di ridere, ridere tanto, ridere di gusto, ridere col cuore pieno, ridere e non voler mai smettere.

Ti auguro di vedere posti nuovi, di avere sempre desideri nuovi, di avere sempre la vita tra le mani.
Ti auguro di non dover mai accettare parole cattive, dettate dalla cattiveria, dall'invidia o semplicemente dalla stupidità.
Ti auguro di combattere sempre contro l'arroganza e le bugie.
Ti auguro di passare tanto tempo con i tuoi nipoti, amarli sempre come fai, e insegnare loro il rispetto e la determinazione.
Ti auguro ancora mille abbracci di tua madre, perché certi legami non muoiono mai, non si spezzano mai, questi legami sono unici e per questo resterà sempre unico l'amore che provate l'una per l'altra.
Ti auguro di avere sempre un po' di tempo per le tue sorelle, una a destra e una a sinistra, come due ali che ti sorreggeranno sempre.
Ti auguro di passare ancora del tempo con la tua strana e pazza nonna, e di portarla sempre con te in un posto preciso del cuore, dove i vostri viaggi saranno sempre i ricordi migliori.
Ti auguro di non spegnere mai il fuoco che ti brucia dentro, di non smettere mai di essere ribelle nella tua naturalezza.
Ti auguro di spiccare il volo ogni volta che vorrai volare.

Impara dal tuo passato e non avere paura di affrontare cose nuove, lascia che la tua sofferenza si spenga a ogni tramonto e la gente che ti ha fatta soffrire ti guardi accendere ogni giorno il sole con i tuoi sorrisi e i tuoi occhi grandi, così grandi che ci entrano tutti, tutti quelli che vogliono vedere cosa c'è davvero dentro di te.

E INFINE TI AUGURO LA VITA, PERCHÉ VIVERE È LA PARTE FONDAMENTALE DI TUTTO QUESTO. VIVERE VUOL DIRE NON AVER PAURA, VIVERE VUOL DIRE SENTIRE IL DOLORE E TRASFORMARLO IN FELICITÀ, VIVERE VUOL DIRE CHE QUALUNQUE COSA ACCADA, TU LA VIVRAI.
VIVERE VUOL DIRE PRENDERTI CURA DI TE STESSA COME STAI FACENDO, VIVERE VUOL DIRE ANDARE IN PALESTRA PER SENTIRSI BENE, SFOGARSI, MANDARE VIA TUTTO QUELLO CHE DI NEGATIVO PUÒ TOCCARTI IN QUALCHE MODO.
VIVERE VUOL DIRE RICOMINCIARE, COME HAI APPENA FATTO NELLA TUA CASA A MILANO, CON LA GENTE CHE C'È E CON QUELLA CHE INVECE È ANDATA VIA PERCHÉ NON HA SAPUTO TENERTI.
QUALUNQUE COSA TI RISERVI IL FUTURO, RICORDATI DI VIVERE.
QUALUNQUE COSA TI RISERVI LA VITA, RICORDATI DI AMARTI SEMPRE, DI AMARE SEMPRE, DI FARTI AMARE SEMPRE, DA IMPAZZIRE.

Finito di stampare presso ELCOGRAF S.p.A.
Via Mondadori, 15 - Verona
Printed in Italy

Prova d'acquisto
978-88-200-6825